共和国故事

变害为利

——新中国开国之初的水利建设与淮河大战

王泽坤 编写

吉林出版集团股份有限公司

图书在版编目（CIP）数据

变害为利：新中国开国之初的水利建设与淮河大战/王泽坤编. ——

长春：吉林出版集团股份有限公司，2009.12

（共和国故事）

ISBN 978-7-5463-1738-0

Ⅰ．①变… Ⅱ．①王… Ⅲ．①纪实文学－中国－当代 Ⅳ．①I25

中国版本图书馆 CIP 数据核字（2009）第 237295 号

变害为利——新中国开国之初的水利建设与淮河大战

BIAN HAI WEI LI　　XIN ZHONGGUO KAIGUO ZHI CHU DE SHUILI JIANSHE YU HUAIHE DAZHAN

编写　王泽坤

责任编辑　祖航　李婷婷

出版发行　吉林出版集团股份有限公司

印刷　三河市嵩川印刷有限公司

版次　2010 年 1 月第 1 版　　　　　2022 年 1 月第 12 次印刷

开本　710mm×1000mm　1/16　　　印张　8　字数　69 千

书号　ISBN 978-7-5463-1738-0　　　定价　29.80 元

社址　吉林省长春市福祉大路 5788 号

电话　0431－81629968

电子邮箱　tuzi8818@126.com

前　言

自 1949 年 10 月 1 日中华人民共和国成立至今,新中国已走过了 60 年的风雨历程。历史是一面镜子,我们可以从多视角、多侧面对其进行解读。然而有一点是可以肯定的,那就是,半个多世纪以来,在中国共产党的领导下,中国的政治、经济、军事、外交、文化、教育、科技、社会、民生等领域,都发生了深刻的变化,中国人民站起来了,中华民族已屹立于世界民族之林。

60 年是短暂的,但这 60 年带给中国的却是极不平凡的。60 年的神州大地经历了沧桑巨变。从开国大典到 60 年国庆盛典,从经济战线上的三大战役到经济总量居世界第三位,从对农业、手工业、资本主义工商业的三大改造到社会主义市场经济体制的基本确立,从宜将剩勇追穷寇到建立了强大的国防军,从废除一切不平等条约到独立自主的和平外交政策,从"双百"方针到体制改革后的文化事业欣欣向荣,从扫除文盲到实施科教兴国战略建设新型国家,从翻身解放到实现小康社会,凡此种种,中国人民在每个领域无不留下发展的足迹,写就不朽的诗篇。

60 年的时间在历史的长河中可谓沧海一粟。其间究竟发生了些什么,怎样发生的,过程怎样,结果如何,却非人人都清楚知道的。对此,亲身经历者或可鲜活如昨,但对后来者来说却可能只是一个概念，对某段历史的记忆影像或不存在，或是模糊的。基于此，为了让年轻人，特别是青少年永远铭记共和国这段不朽的历史，我们推出了这套《共和国故事》。

《共和国故事》虽为故事，但却与戏说无关，我们不过是想借助通俗、富于感染力的文字记录这段历史。在丛书的谋篇布局上，我们尽量选取各个时代具有代表性或深具普遍意义的若干事件加以叙述，使其能反映共和国发展的全景和脉络。为了使题目的设置不至于因大而空，我们着眼于每一重大历史事件的缘起、过程、结局、时间、地点、人物等，抓住点滴和些许小事，力求通透。

历史是复杂的，事态的发展因素也是多方面的。由于叙述者的视角、文化构成不同，对事件的认知或有不足，但这不会影响我们对整个历史事件的判断和思考，至于它能否清晰地表达出我们编辑这套书的本意，那只能交给读者去评判了。

这套丛书可谓是一部书写红色记忆的读物，它对于了解共和国的历史、中国共产党的英明领导和中国人民的伟大实践都是不可或缺的。同时，这套丛书又是一套普及性读物，既针对重点阅读人群，也适宜在全民中推广。相信它必将在我国开展的全民阅读活动中发挥大的作用，成为装备中小学图书馆、农家书屋、社区书屋、机关及企事业单位职工图书室、连队图书室等的重点选择对象。

编　者
2010 年 1 月

一、中央决策规划

● 毛泽东欣然为治淮工程题字：“一定要把淮河修好！”

● 周恩来在长江葛洲坝工程汇报会上意味深长地说：“20 年我关心两件事，一个上天，一个水利。这是关系人民生命的大事，我虽是外行，也要抓。”

● 周总理在会上说：“淮河要蓄泄兼筹，三省共保，党中央、毛主席已经决定成立治淮委员会，由曾山同志负责。”

毛泽东紧急批示治理淮河

1950 年 6 月至 7 月，河南与安徽交界处连降暴雨，淮河三河尖、任王段及王截流、正阳关以上右岸全部漫决，正阳街上水深数尺。

为此，毛泽东与周恩来经过商议决定，派政务委员曾山赶赴受灾地区视察。

安徽省负责人曾希圣几乎每天都给中央发 4 个特急电报，报告灾情。

毛泽东收到安徽省委书记曾希圣致华东局、华东军政委员会并转中央的电报，详细地报告了有关淮河决口造成的损失：

> 今年水势之大，受灾之惨，不仅重于去年，且为百年来所未有，淮北 20 个县、淮南沿岸 7 个县均受淹，城市因受淹而迁徙者约 23 万人。被淹田亩总计 3100 余万亩，占皖北全区二分之一强。全无收者 2200 余万亩，房屋被冲倒或淹塌而已报告者 80 余万间，死 499 人……来不及逃走，或攀登树上，失足堕水，有在树上被毒蛇咬死者，或船小浪大翻船而死者……

这封电报让毛泽东泪流满面。

毛泽东一生遇到这样三种情况就常常流泪：一是看戏看到情节悲伤处，会被剧情感染，情不自禁地流泪；二是相处久的警卫员牺牲了，或亲人、朋友离别，或是见到自己骑过的老马死了，用久了的东西破损得不能再用了，会流泪；三就是见不得老百姓受苦受难，人民群众饥寒困苦乞讨流浪的场面，会让他流泪。

毛泽东看到"有在树上被毒蛇咬死者"的地方，不忍再看下去了！这时，他的眼前景物似乎化作了水急浪高的滔滔洪水，渐渐地漫过房屋，只有大树的树冠还露在洪水的上面。他似乎看见了一个中年妇女抱着一个嗷嗷待哺的孩子，坐在树杈上哀号求生……

毛泽东从幻化的思维中回到了现实，滚动欲出的泪水再也控制不住了，滴在了这份电报上。接着，毛泽东拿起一支红蓝铅笔，在"有在树上被毒蛇咬死者"的下边，重重划了两道横杠。

毛泽东毕竟是一代大政治家，很快进入了理性的思索。他按着自己独有的思维方式，从历史到现实、从历代帝王得天下到失天下的层面进行了审视和思考。

在中华民族五千年文明史上，大禹治水是第一件无与伦比的伟业。一位外国学者曾说："称中国为河川之国，其意义不仅在于它有众多的河流，而且在于因为对河川进行了治理而极大地影响了它的历史。"

中国古代治水自禹之后，代代有传人，在防洪、通航、灌溉等方面都取得了举世瞩目的成就。

起源于春秋战国时代的黄河大堤，始于东晋时代的荆江大堤，开创于东汉时期的江浙海塘，都是可与万里长城相媲美的伟大工程。

从春秋时期开始，经历隋唐到元明清完成的京杭大运河，把西东走向的江、淮、河、汉通连了起来；秦始皇时期建成的广西灵渠，沟通了长江和珠江的水系，扩大了我国内河航运的范围。

为解决干旱问题，我国很早就修建了技术水平很高的灌溉工程。岷江上的都江堰造就了著名的天府之国，黄河河套灌区创造了塞外江南的奇迹。

但是，近代帝国主义侵入中国以后，水政荒废，河流失修，不涝则旱，民不聊生。

从 1927 年到新中国成立前，由于水利长期失修，加上连年战乱的破坏，尤其像黄河花园口人为决堤事件，给人民造成的损失是十分惊人的！

1938 年 6 月，国民党军队在日本侵略军的大举进攻面前，节节败退。当开封陷落、郑州岌岌可危的时候，他们为了阻止日军追击，于 6 月 9 日扒开了花园口黄河大堤，黄河水从贾鲁河、颍河倾泻入淮，进一步加深了淮河水患。1947 年，黄河被挽回故道，却给淮河留下了大雨大灾、小雨小灾的恶果。

1946 年，黄河又发生大灾，灾民得不到政府的任何救济，连美国记者白修德都看不下去了，到重庆质问蒋介石，但蒋介石居然说河南没有灾民。

仅不完全的统计，1949 年全国被淹耕地达 1.2 亿亩，减产粮食 110 亿公斤，重灾区灾民达 1000 万人。其中，华东地区被淹耕地 5000 余万亩，占全部耕地的五分之一，减产粮食 35 亿多公斤，灾民 1600 万人。

可以这样说，蒋介石兵败东南数省，与洪水成灾、失去民心有着一定的关系。

相比之下，中国共产党对建立一个崭新的新中国表现出坚定的决心和必胜的信心。当 1949 年淮河发生洪水，帝国主义曾幸灾乐祸，预言共产党无法克服中国的灾荒，无力解决中国人民的吃饭问题时，毛泽东向世界庄严宣告：

> 中国的命运一经操在人民自己的手里，中国就将如太阳升起在东方那样以自己的辉煌光焰普照大地，迅速地荡涤反动政府留下来的污泥浊水，治好战争创伤，建设起一个崭新的强盛的名副其实的人民共和国。

毛泽东从大禹治水兴天下，到蒋介石因失修水利等原因而败退台湾，对"水兴国家兴，水害国家败"的话有了更深的理解！

毛泽东认为，为了巩固新建立的政权，并应付国际和国内的突发事变，必须考虑从根本上解决洪水年年造成灾害的局面。唯有如此，人民才能安居乐业，一心一意地拥护共产党领导的新中国。否则，其他一切革新都会因为洪水成灾而付之东流！

毛泽东根据淮河灾情，借鉴历史经验，从政治高度出发，强调了根治淮河水患的重要性。

据原水利部部长钱正英回忆，当时毛泽东认为，中国历史上好几个开国皇帝都出在淮河流域，刘邦是淮河流域沛县人，曹操是淮河流域亳县人，朱元璋是淮河流域凤阳人。其原因在于淮河流域天灾人祸多，那里是中国历史上农民起义的温床。

为了国家的安定，必须先把淮河治好。为此，毛泽东在安徽省委书记曾希圣发来的电报上做了批示：

周恩来：

　　请令水利部限日做出导淮计划，送我一阅。此计划 8 月份务须做好，由政务院通过，秋初即开始动工。如何，望酌办。

毛泽东

8 月 5 日

这个批示表达了毛泽东对治理淮河刻不容缓的急迫心情，说明灾区人民的苦难时刻牵动着他的心。

指示下达不久，治淮会议在 1949 年 8 月底召开，决定了"蓄泄兼筹"的治理方针。但淮河上、中、下游和左右岸的河南、安徽、江苏省委存在着意见分歧。

为了加快治淮步伐，毛泽东再次批语周恩来，督促治淮工程早日开工：

周恩来：

现已 9 月底，治淮开工期不宜久延，请督促早日勘测，早日做好计划，早日开工。

毛泽东

9 月 21 日

经过毛泽东的批示和周恩来的协调，河南、安徽、江苏三省党委很快达成一致意见，在当月就制订出动员勘探计划，10 月就开始动工；并决心以 3 年为期，根除淮河水患。

毛泽东欣然为治淮工程题字：

一定要把淮河修好！

为了兴修水利、根治淮河，逃难在外的灾民纷纷返回家园，自动请缨打石做治水器材，修造船只准备运工料、粮草。当时的情景是：

父子齐上阵，兄弟争报名，妇女不示弱，夫妻共出征。

　　220 万农民参加治淮行动，90 万工人日夜奔走在数千里淮河的运输线上。中央从东北、华北、中南各省调运了 10 多亿公斤的建设物资和大量的工程技术人员。

　　经过 80 多天奋战，一条长 160 公里的苏北灌溉总渠建成了。

周恩来部署治淮工作

淮河是周恩来部署治理的第一条河流。

根据毛泽东的批示精神，周恩来日理万机，在抓救灾的同时，加紧了对根治淮河的具体部署。

他提醒秘书们，只要有淮河水情的报告，随到随送，不准耽搁。

1950年7月22日，他邀集有关人员认真讨论治淮问题。

8月25日至9月12日，在周恩来亲自指导与参加下，水利部召开治淮会议。

华东水利部、中南水利部、皖北行署、苏北行署、河南省人民政府、淮河水利工程总局、河南黄泛区复兴局负责人及专家40余人参加了会议。

据当时担任周恩来经济秘书的吴群敢回忆，治淮会议上有两种不同的意见：安徽有内涝，要求把水排到下游苏北去；苏北怕承担不了，不同意。双方争执不下。

另外，苏联专家根据本国的经验，认为水是很宝贵的资源，不能白白放掉，放掉就是浪费，应该把水蓄起来，建立蓄水池。

安徽认为自己是内涝，排都排不出去，又怎么能蓄水？这就是当时存在的十分棘手的蓄泄之争。

为解决蓄泄之争，周恩来反复召集各单位负责干部讨论、协商，开大会解决问题达 6 次之多，会下还与同志个别谈话，征求意见。

周总理说：

我们人民政府，不能再让淮河压迫我们的同胞了！国家困难再大，也要下决心把淮河治好！

淮河要蓄泄兼筹，三省共保，党中央、毛主席已经决定成立治淮委员会，由曾山同志负责。

周恩来在综合各方面意见的基础上，兼顾淮河上、中、下游的利益，运用唯物辩证法和现代科学技术的观点，提出了治理淮河的五项原则：

统筹兼顾，标本兼施；有福同享，有难同当；分期完成，加紧进行；集中领导，分工负责；以工代赈，重点治淮。

同时，周恩来还明确指出：

总的方向是，上游蓄水，中游蓄泄并重，下游以泄水为主。从水量的处理来说，主要还是泄水。这次治水计划，上下游的利益都要照顾到，并且还应有利于灌溉农田，上游蓄水注意配合发电，下游注意配合航运。总之，要统筹兼顾。

治淮会议根据这一方针做出了淮河上游以蓄洪发展水利为长远目标，中游蓄泄并重，下游则开辟入海水道的重大决策。

周恩来部署治淮的第一个突出贡献是领导确定了蓄泄兼筹的治淮方针，保证了治淮顺利进行。

1950年9月22日，周恩来就治淮问题接连写了两封信。

一封给毛泽东、刘少奇、朱德、任弼时、陈云、薄一波、李富春。

这封信告知治淮的两份文件已送华东、中南，请他们审议，待10月5日饶漱石、邓子恢来京时再作最后决定。治淮工程计划，则已由水利部开始付诸实施，因时机不容再误，且至下月初，时间不长，即有变更，亦尚来得及补救。

一封给中财委的陈云、薄一波、李富春并转水利部的傅作义、李葆华、张含英，强调中央政府要从人力、物力、财力保证治淮的需要。

周恩来在这封信中说：

陈、薄、李各同志并转傅作义、李葆华、张含英各同志：

此两文件已送华东、中南审议，请他们研讨后提出意见，以便乘 10 月 5 日饶漱石、邓子恢两同志来京之便与水利部作最后确定，再行公布。在公布前，此计划业已付之实施，昨已面告傅、李两同志加紧督促实行。昨晚毛主席又批示，治淮工程不宜延搁。故凡紧急工程依照计划需提前拨款者，亦望水利部呈报中财委核支，凡需经政务院令各部门各地方调拨人员物资者，望水利部迅即代拟文电交政务院核发。至华东、中南届时如有修正意见，必关系于勘察后的工程，对于目前紧急工程谅无变更，因此类事业经各方多次商讨，均已认为无需等待。专告。

周恩来

9 月 22 日

为了中国的富强，为了中国的四个现代化，周恩来特别重视两件事：一个是治水，一个是以"两弹一星"为核心的科技攻关。

中华人民共和国成立后，周恩来担任总理，躬亲治水，除害兴利，功在当代，泽及万世，是当之无愧的禹的传人。

新中国成立后，许多江河治理和重大水利建设决策都是在周恩来的具体负责下制定出来的。

20世纪50年代前期，他开治淮会议，发治淮决定，建治淮机构，调治淮所需，订治淮规划，保证了根治淮河第一期工程的胜利完成；随后，他又领导制定了兴修荆江分洪工程、兴修官厅水库的战略决策，初步解决了淮河、长江、永定河的燃眉之急。

20世纪50年代后期，他领导研究了长江流域规划和三峡坝址、三门峡设计方案的修改和施工方案、密云水库坝址和设计方案等重大水利建设的决策。

20世纪60年代，他领导制定了三门峡工程的改建、海河治理和北方抗旱等重大决策。

20世纪70年代，他为葛洲坝工程的修建及其领导机构、设计方案作出了一系列重要决策，保证了长江第一坝的胜利建成。

1972年11月21日，周恩来在长江葛洲坝工程汇报会上意味深长地说：

> 20年我关心两件事，一个上天，一个水利。这是关系人民生命的大事，我虽是外行，也要抓。

毛泽东与邵力子畅谈治淮

毛泽东深知根治淮河是一项大工程，而且还是一项科学性很强的工作。如何才能做到在治淮过程中少走弯路呢？他决定亲自动手，大搞调查研究。与此同时，他还要调动一切有利因素为治淮河服务。

在这期间，毛泽东与邵力子先生畅谈治淮大事是很有代表性的。

这天，毛泽东驻步丰泽园的门前，恭候邵力子的到来。顷刻，水利部部长傅作义陪着邵力子驱车来到门前。

毛泽东走上前去，亲自扶邵力子走出轿车，热情地打招呼："欢迎，欢迎，先生和将军都很准时呵！"

"主席是珍惜时间的人嘛。"邵力子答。

"军人第一是以服从命令为天职，第二是以时间的准确为生命。"傅作义也作了适合将军身份的回答。

"好！那就让我们以只争朝夕的精神进屋畅谈治淮吧！"

或许是读书人出身的缘故，邵力子走进菊香书屋下意识地往桌上一看，只见上面摆着文房四宝以及刚刚写好的条幅，感到有些好奇地问道："主席正在写字？"

毛泽东一边答说"是啊"，一边请邵力子与傅作义落座。

待到秘书给这两位客人献上茶水之后，毛泽东突然说道："我久知邵老是前清的举人，早年又与当代草圣于右任老等人在一起靠卖文为生，所以，我做了个字谜，想请你这位清朝的举人给解一下。"

邵力子听后愕然，如堕五里雾中，不知所以。他禁不住自问："毛泽东为何做字谜请我解呢？这又与治淮有什么联系呢？"

他看了看同样感到好奇的傅作义，只见傅作义微笑着冲着他摇了摇头。从傅作义的表情分析，他似乎是蛮有兴趣地看着将要发生的一切。

就在邵力子与傅作义用眼传神的过程中，毛泽东走到写字台前，双手拿起墨迹未干的那张宣纸，放在邵力子面前的茶几上，带有自我调侃的口吻说："我这是应了那句老话，孔夫子面前卖弄字画，请看！"

邵力子微微欠身，俯首一看，只见宣纸上赫然写着两个苍劲有力的大字：治淮。

邵力子看罢一怔，他清楚毛泽东出的这幅字谜是属于续字谜，也就是说在"治淮"二字的后边必须续出两字，合作一词，表达一种完整的意思。

就在这刹那之间，邵力子却犯了难，因为毛泽东写的"治淮"二字不仅意义深远，更重要的还代表了一个明确的概念，想要续上二字绝非易事，故情不自禁地蹙了蹙眉头。

毛泽东放好这幅"治淮"字谜之后，旋即回身，走到自己的座位上，点燃一支香烟，深深地吸了一口，缓缓吐向空中。接着，他才漫不经意地看了邵力子一眼，似有意提醒道："邵老啊，我这可是个续字谜啊！"

毛泽东或许是认为自己的目的达到了，抑或是他不想把这位前清的举人考得太狼狈。他先是朗朗大笑，后又伸出右手指着自己的书桌，说道："邵老，这续字就是这两个字嘛！"

邵力子经毛泽东手指书桌一点化，顿然大悟，不由自语："方案！"

坐在一旁看热闹的傅作义目睹了这一切。当邵力子脱口而出"方案"二字以后，傅作义把这二字与毛泽东的原字谜"治淮"二字合起来，原来这4个字是"治淮方案"！

到这时，傅作义才明白了毛泽东出此续字谜的真谛。同时他看出，年长的邵力子的悟性或曰聪明还是比自己胜出一筹的。好在他此时的身份是将军，而不是举人或秀才，所以，他随着邵力子的朗朗大笑也不由笑出声来。

这就是毛泽东与人交往或者说是与友人谈工作的一种方式。双方倾谈治淮这样一件大事，竟然是从如此写意的方式开始，真是令人慨叹不已！

待到邵力子、傅作义恢复常态之后，毛泽东方言归正传："邵老续得好！今天我请二位来，就是为了讨论治理淮河的方案，想听听你们的意见。"

傅作义听了毛泽东的话后，认为自己是水利部部长，自应第一个介绍情况。所以，他一板一眼地说罢水利部制订治淮方案的过程后，又郑重地说道："我们水利部正在总理的领导下，进一步研究、完善治理淮河的方案。"

"我已经看了总理有关治理淮河的报告，"邵力子接着傅作义的话题说道，"我是过来人，所以我赞成总理说的淮河年年闹灾，是当年蒋介石为阻止日军南下，在花园口炸开黄河大堤造成的。这是因为黄河的泥沙破坏了淮河原有的蓄泄洪水的能力。"

"邵老一言中的！"毛泽东有意把话题一转，很是诚恳地说道，"当年，邵老做西京王的时候，我长征一到达陕北，就听当地的老百姓美传您是当代的大禹。"

说到邵力子做西京王，那是日本在我国东北发动"九一八"事变之后，蒋介石宣布第二次下野，把邵力子外放陕西，坐镇西安，代蒋控制多事的西北地区。

也就是邵在西安执政的 5 年之中，邵力子曾带领陕西人民治理过黄河，而且很见成效，被当地老百姓传为当代治水的大禹。

也正是因为邵力子有这样一段特殊的从政经历，毛泽东才想要听取他对治淮的意见。

自然，邵力子也想到了这一点。但是，当他听毛泽东如此赞誉他治理黄河的功绩的时候，他还是谦虚地连连说道："百姓过誉了，过誉了！"

"我看是有他们的道理的。"接着，毛泽东坦然说道，"我当时听后也感到新奇。事后才听人告诉我，当年邵老重视黄河水利，亲自主持修了泾惠和洛惠两大渠，建了龙门闸和风陵渡工程。我想这就是老百姓至今还流传邵老治水故事的原因吧！"

"主席过奖了！"邵力子非常客气地说，"那时，我任国民政府陕西省主席，治理黄河是我的责任。再说，我做的那点区区小事，怎能与今天共产党和主席想根治淮河的工程相提并论呢，何足挂齿矣！"

"邵老那时的作为，现在看来也是难能可贵的啊！"毛泽东在历数了邵力子在治理黄河上的成绩之后，又说道，"今天，我请邵老来的目的有二：一是想听听您的意见，再是邵老您能离京去实地考察，那是最好不过的。话再说回来，这也就是我写的那个续字谜的谜底。"

邵力子从政数十载，自孙中山到蒋介石等政坛要人与他都相识，有的还与他私交甚笃。但是，他却未遇见过像毛泽东这样善做工作的领袖人物。

因此，他心悦诚服地说道："请主席放心，我打算立即成行。"

"不，不。"毛泽东急忙摆手制止说，"现在淮河正在抗洪、救灾，不是邵老这样年纪的人去的时候。"

"那我何时成行呢？"邵力子问道。

"再定。"毛泽东凝思片刻，"到时，我一定为邵老写一幅字：一定要把淮河治好，以壮行色！"

"请放心，我一定不辜负主席的期望！"

至此，毛泽东请教邵力子的工作就算做完了。

他看了看作陪的傅作义的表情，又十分客气地说道："傅将军，你是新中国的第一任水利部部长，请将军集思广益，再拟订一个全面的兴修水利方案。"

"我尽快落实主席这一重要指示。"

"我哪有那么多的重要指示哟，"毛泽东微微地摇了摇头，"这些天来，由于淮河水祸如此严重，使我想了很多问题。看起来，要想改变我国的贫穷面貌，首先就要大兴水利。我们这些人如果能把几千年来的水患化害为利，那可是造福于民、功德无量啊！"

中央作出治理淮河决定

新中国的治水事业是从淮河开始的，治淮战役的第一炮首先在沂蒙山区打响。

沂河、沭河由沂蒙山南流到苏北，下游是抗日战争和解放战争时期人民坚持长期革命斗争的淮海区。当淮海战役的硝烟尚未消散的时候，中国共产党和解放区人民政府就领导人民开始了治水事业，拉开了新中国治淮的序幕。

新中国成立后，尽管人民当家做了主人，然而"大雨大灾，小雨小灾，无雨旱灾"的淮河自然灾害仍是广大人民群众苦难的祸根。

1950 年 10 月 14 日，中央人民政府政务院会议作出了具有伟大历史意义的《关于治理淮河的决定》。

周恩来用辩证唯物主义的观点，提出了"蓄泄兼筹"以达根治之目的的治淮方针，进一步阐明了治淮的方针、步骤、机构及豫皖苏配合、工程经费、以工代赈等问题，批准了淮北大堤、运河堤防、三河活动坝和入海水道等一系列大型骨干工程。

《关于治理淮河的决定》提出：

今年淮河流域，因洪水特大，造成严重水

灾，豫皖境内受灾面积，约略估计达 4000 余万亩，灾民 1300 万人。遵照毛主席根治淮河的指示，由水利部召集华东区与中南区水利部，淮河水利工程总局，及河南、皖北、苏北三省区负责干部，分析水情，反复研讨，拟定治理淮河方针及 1951 年应办的工程……

《关于治理淮河的决定》提出了关于治理淮河的方针应蓄泄兼筹，以达根治之目的。为此，决定在 1951 年先行举办下列的工程：

上游，低洼地区临时蓄洪工程，蓄洪量应超过 20 亿立方米；中游，湖泊洼地蓄洪工程，蓄洪量应争取 50 亿立方米；下游应即进行开辟入海水道，加强运河堤防，及建筑三河活动坝等工程。

《关于治理淮河的决定》强调：

为确保豫、皖、苏省的安全，上述各项工程的设计施工，与先后缓急，均需做到互相配合，互相照顾。因此上、中游蓄洪工程，应就技术与准备的可能，尽速举办，并争取增加蓄洪容量。下游入海水道，应早日完成选段设计，并根据长远利益，研究确定入江、入海流量之分配，以避免临时性工程中发生不必要的浪费。关于干支各河洪水流量之估计，亦应继续搜集资料，进行更为精确的推算，以求各项工程的经济与安全。

为加强统一领导，贯彻治淮方针，应加强治淮机构，以现有淮河水利工程总局为基础，成立治淮委员会，由华东、中南两军政委员会及有关省、区人民政府指派代表参加，统一领导治淮工作，主任、副主任及委员人选由政务院任命，下分设河南、皖北、苏北三省、区治淮指挥部。另设上、中、下游三工程局，分别参加各指挥部为其组成部分。

《关于治理淮河的决定》要求，工程经费"应由治淮委员会会同各地区，尽速根据实际情况，补充勘测，负责提出切实可靠之工程计划与财务计划，并由地方行政机关及水利机关负责人共同签字，经中央人民政府水利部转请政务院财政经济委员会核定"，"以求提高效率，避免浪费"。

《关于治理淮河的决定》规定：

全部治淮计划与工程的实施，皆以根治淮河水灾为目的，今冬明春的工程，应在保证工程标准与完成工程任务的条件下，以工代赈，与救灾工作相结合。凡属重要的，上、下游密切相关的，或技术性较高的工程，均须依照前项规定，经过查勘设计于批准后再行动工。至于局部性的工程，在根治计划范围以内者，可以责成治淮委员会及各地区人民政府商定后先行施工。为配合当前以工代赈需要，并可先拨一部粮款。

1950 年 10 月 27 日，周恩来主持的政务院第五十六政务会议，任命曾山为治淮委员会主任，曾希圣、吴芝圃、刘宠光、惠浴宇为副主任。

1950 年 11 月 3 日，周恩来主持第五十七次政务会议，在讨论《关于治淮问题的报告》时讲话，集中阐述了治淮的一系列原则，指出治淮委员会机构必须设在靠近淮河的蚌埠，而不宜设在南京。

1950 年 11 月 6 日，治淮委员会在蚌埠正式成立。

1950 年 11 月 21 日、22 日，周恩来连续两天参加研究治淮第一期工程问题的会议。

1951 年 5 月 16 日，当各项治淮工程正在全流域展开的时候，由中央人民政府组织的以邵力子为团长的中央治淮慰问团，来到淮河工地，送来了毛泽东亲笔题字"一定要把淮河修好"的 4 面锦旗，颁发给豫、皖、苏省及治淮委员会。

在周恩来部署下，至 1951 年 7 月 20 日，根治淮河的第一期工程胜利完成，初步解除了水患威胁，并为以后的全面治理与开发打下了基础。

1962年，在北方五省一市平原地区水利会议上，周恩来进一步提出"蓄泄结合，排灌兼施，因地制宜，全面规划"的意见。

在一次国务院主持召开解决水利纠纷问题的会议上，周恩来责成有关负责人亲自到淮河流域查勘，听取干部和群众的意见，并向他汇报。

后来，在有关省委书记参加的会议上，他重申了"蓄泄兼筹"的治淮原则，形象而深刻地说："我问过医生，一个人几天不吃饭可以，但如果一天不排尿，就会中毒。土地也是这样，怎能只蓄不排呢？"

为了尽快实现毛泽东关于"一定要把淮河修好"的指示，国务院于1969年11月6日成立了国务院治淮规划小组，由中央政治局委员李德生任组长。

该小组由水电部副部长钱正英、河南省王维群、安徽省吴斗泉、江苏省彭冲、山东省穆林组成，并在蚌埠市设立治淮规划小组办公室，作为办事机构，开展治淮工作。

治淮委员会编制治淮规划

淮河流域规划是治淮的战略部署，是淮河流域治理与开发的主要依据；编制治淮规划的部门是水利部淮河水利委员会，它是淮河流域水资源综合规划、治理开发、统一调度和工程管理的专职机构。

淮河水利委员会为中华人民共和国水利部派出机构，驻地安徽省蚌埠市，其任务就是编制淮河水资源综合利用开发规划，调解处理省际和部门间水事纠纷，负责主要河段的防汛调度和流域内水资源的统一调配，统一管理主要河流和枢纽工程，负责水质监测工作等。

在新中国成立后的40多年里，为了科学而有序地指导治淮工作，根据国务院部署，在水利部的领导下，水利部淮河水利委员会先后进行了5次全流域性治淮规划编制工作。

每次制订治淮规划，从中央各有关部委、科研单位，流域四省水利部门，有数百名领导干部和专家、学者参与研究和编制工作。

第一次淮河流域规划：

在中央人民政府政务院《关于治理淮河的决定》指导下，由治淮委员会工程部主持进行，从1951年1月开始，经过四个多月的工作，完成了以防洪为主要内容的

《关于治淮方略的初步报告》。

这一治淮方略提出了在淮河上游建一批山谷水库，中游、下游洪水量分配及以洞河集为主的蓄洪控制工程和河道整治工程，以解决淮河水患。

第二次淮河流域规划：

1954年，淮河发生大洪水以后，暴露了治淮初期规划的设计洪水偏小、防洪标准偏低，必须重新制订治淮规划。

这次治淮规划工作，是在水利部苏联专家组指导下进行的，从1954年冬季开始，到1956年4月完成，历时一年半。

参加这次规划工作的有治淮委勘测设计院，河南、江苏两省治淮指挥部，农业部、交通部、地质部、气象局等单位共800多人。

这次《淮河流域规划报告（初稿）》，提出以防止水旱灾害为主，兼顾航运、水产、水电和水土保持等项治淮任务；要求在上游山丘区开展水土保持，修建水库、塘坝，拦截山洪，削减洪峰，调节径流，蓄水兴利，以求达到防洪、除涝、灌溉、航运等综合利用的目的。

在开发利用水资源方面，除要求充分利用当地的地表水、地下水资源以外，还计划进行引江、引黄工程，弥补淮河水源不足。

1955年，治淮委员会在制订淮河规划的同时，组织江苏、山东两省治淮指挥部，编制了以防止水灾，发展灌溉为主要内容的沂沭泗水系的综合利用规划。

1957 年，沂沭泗水系发生了大洪水后，暴露了原规划中采用的洪水标准偏小。于是，水利部立即组织治淮委员会和苏、鲁两省，共同编制了沂沭泗洪水处理补充规划。

第三次淮河流域规划：

1958 年，治淮委员会撤销以后，治淮工作由各省分别进行。各省治淮工作取得一定成绩，兴建了许多山谷水库和各类灌溉工程。

但是，在平原易涝地区，有的省未经统一规划，自行做了一些不当的蓄排水工程，打乱了原排水系统，加重了地区性灾害和省际水利矛盾。因此，国务院认为应重新研究编制淮河流域治理规划。

1965 年 10 月，水电部和淮河流域四省成立了规划组。规划组人员深入淮河流域，对流域概况和工程现状进行全面调查研究。

1966 年 1 月，提出沂沭泗洪水东调南下和南四湖湖西河道治理方案，但没有形成规划报告。

第四次淮河流域规划：

1968 年，淮河上游发生特大洪水；1969 年，淮南地区发生特大洪水。这两次洪水暴露出淮河上游、中游阻水障碍严重，行洪区行洪不畅，蓄洪区控制工程不完善，这说明淮河防洪体系不健全，抗御洪水能力低。

解决淮河流域的防洪安全和治理涝灾等问题已是当

务之急。

1969 年 11 月，水电部组织淮河流域四省水利厅开展淮河流域调查，然后集中在北京研究编制淮河流域治理规划。

1971 年 2 月，国务院治理规划小组提出了《关于贯彻执行毛主席"一定要把淮河修好"指示情况报告》。

该报告要求，再用 10 年或者稍长时间，基本实现"一定要把淮河修好"的任务。在"四五"期间，要求做到按农业人口，每人有一亩旱涝保收、稳产、高产田，并基本控制洪水灾害，为全流域实现农业发展纲要创造条件。

主要任务是：治水与改土相结合，全面开展农田水利建设，抓紧骨干工程配套，治理中、小河流；增建一批大型水库，扩大中游、下游洪水出路，抽引长江水，补充淮河流域灌溉水源。

第五次淮河流域规划：

1978 年，党的十一届三中全会以后，我国经济走上了蓬勃发展的轨道。到 20 世纪末，我国工农业生产年总产值翻两番的战略目标，向水利提出了新的要求。

为此，淮河必须持续治理与开发，进一步改善水利条件，提高经济效益，增强抗御水旱灾害能力，以满足国民经济各部门对水利的要求。

1980 年 12 月，水利部召开治淮会议，提出了修订淮河流域综合规划的任务，为今后淮河治理与开发提供更为可靠的科学依据。

规划编制工作是在水利部的领导下，由淮委主持，会同河南、安徽、江苏、山东四省水利厅及有关部门共同进行的。

1984 年，以恢复、巩固、发挥现有治淮工程效益为主要内容的《淮河流域修订规划第一步报告》（讨论稿）完成。后来，根据 1985 年国务院治淮会议要求和 1991 年国务院《关于进一步治理淮河和太湖的决定》，先后对淮河流域修订规划做过几次修改补充。1992 年，《淮河流域综合规划纲要》完成。

淮河流域综合规划提出，在今后一个相当长的时间内，治淮要全面贯彻《中华人民共和国水法》中有关"合理开发利用和保护水资源，防治水害，充分发挥水资源的综合利用效益"的要求。

淮河治理开发要继续遵循除害兴利并重，开源节流并举，综合治理，开发和利用统筹兼顾、全面安排的原则，继续贯彻"蓄泄兼筹"的治淮方针和团结治水、顾全大局的精神，按水系进行统一治理。为此，一定要充分发挥中央、地方、部门和群众的积极性。

在治理步骤上，要优先考虑在恢复、巩固、配套发挥现有治淮工程效益的基础上，再兴建一批必须的新工程，为国民经济发展提供必要的水利条件。

在兴建新工程的过程当中，要做到工程措施与非工程措施相结合，兼顾工程的经济效益、社会效益和生态环境效益。

　　《淮河流域综合规划纲要》提出了新时期的治淮目标，即争取在 21 世纪前期，建成一个较完善的防洪保安、除涝减灾、灌溉增产和供水充足的工程体系，把淮河流域建成为全国重要的商品粮、棉、油和煤、电能源生产基地。

二、 河南治理淮河

● 河南省在 1952 年至 1957 年水灾年份，坚持正确贯彻了"蓄泄兼筹"的方针，及时蓄水、泄洪、排涝、浇地，治淮工程初步显示了效益，减轻了灾害。

● 1957 年底，河南省人民委员会召开水利工作会议，会议确定 1958 年全省共修小型农田水利的任务。

● 1960 年 7 月，周恩来在五省一市平原水利会议上，明确提出"蓄泄结合，排灌兼施，因地制宜，全面规划"的指示。

河南省治淮工程拉开序幕

中央人民政府政务院发出《关于治理淮河的决定》，毛泽东亲笔题字，号召"一定要把淮河修好"，不仅让全国人民欢欣鼓舞，更让淮河人民梦寐以求的淮河治理愿望成为现实。

那时候，成千上万治淮大军开到各治淮工地，从全国各地来的水利科技队伍也云集到治淮现场，治淮事业从此开始了它光辉的历史。

在洪、涝、旱、碱各种自然灾害频繁的自然环境中，河南省淮河流域在历史上就是一个时常发生灾荒的地区。

新中国成立前，饿殍遍野，民不聊生。在新中国刚成立时，河南省淮河流域各地到处是积水的灾区和缺食少衣的群众。尤其在豫东的黄泛区，黄水刚退了不久，泛区荒凉一片，泥沙埋着房屋，只露出屋脊，历历可数。整个淮河流域，那时候是"大雨大灾，小雨小灾，无雨旱灾"的凄凉情景。

新中国成立以后，在党中央对治淮"蓄泄兼筹"的正确方针指引下，对淮河干流进行了堵口复堤，经过五六年的努力，低标准治理了沙颍河、洪汝河，以及惠济河、包河、汾泉河、黑河和双泊河等河道，使一些沟河有了排水出路。

修建完成了第一批白沙、石漫滩和板桥，与第二批南湾、薄山共为5个大型水库，33座小型水库。

兴建了老王坡、吴宋湖、蚊停湖、潼湖和泥河洼等5座洼地蓄洪工程，兴建了第一个大型水库灌区，即白沙灌区。

在平原疏浚开挖了一些沟流工程，开展了打井，配套了水车，推广了"56"打井法，仅1956年就打井32万余眼。在山丘地区开展了水土保持试点工作，推行全面规划，综合治理，集中治理，连片治理的水土保持工作方针。

1955年，河南省还开展了白沙、石漫滩、板桥3个水库的扩建工程。

尽管从1952年至1957年连年大水，特别是1954年、1956年、1957年都是特大水灾年份，但由于正确贯彻了"蓄泄兼筹"的方针，及时蓄水、泄洪、排涝、浇地，治淮工程初步显示了它的效益，减轻了灾害。

1955年至1958年，淮河流域河南段的粮食产量，已经基本上跃上70亿公斤的台阶，比1950年粮食增产了40%以上。

治理淮河一级支流沙颍河

1957 年 12 月，河南省委召开了沙颍河治理会议，中共中央书记处书记谭震林、水利部副部长钱正英到会指导。

沙颍河是淮河一级支流，是淮北地区跨豫、皖两省的骨干排水河道，因此其治理目标位列首位。

会议确定了"以蓄为主，以小型为主，以社办为主"的水利建设方针。

提出沙颍河治理标准，要求在山区一次降雨 200 毫米，土不流失，水不下山；在平原一次降雨 150 毫米就地吸收处理，200 毫米以下分割处理，超过 200 毫米在大范围内分配处理。

河南省在 1957 年底召开的水利工作会议上，确定 1958 年全省共修小型农田水利的任务是，扩大灌溉面积 2000 万亩，除涝 1000 万亩，冬灌小麦 5000 万亩，春灌大秋田 1700 万亩，平整土地 3800 万亩。

河南省委还要求两年实现水利化，争取三年消灭普通的水旱灾害。

于是，一个河南全省的，也是淮河全流域的大规模的群众性"以蓄为主"的水利建设运动轰轰烈烈地开展起来了。

群众以极大的热情投入了巨大的劳动，在淮河的山丘地区，修起了一批中小型水库工程、水库灌区工程、水土保持工程。

因为缺乏技术指导，工程一般实行边规划、边设计、边施工，所以在这些工程中，有一部分工程质量是好的，能起到蓄水、浇地、拦截水土流失的作用；也有工程成为险库险工，甚至成为废品。

各地竞相以圩、路、闸、坝来蓄水灌溉，兴渠废井，只灌不排。有的地方还修建运河，大搞河网化工程，拦截排水河沟的出路。

因此，在淮河的平原地区，地下水位上升接近地面，涝碱成灾，盐碱化面积增加，一旦降雨就积涝成灾，没有排水出路的洼涝面积也迅速增加。

1959 年至 1961 年连续三年旱灾，淮河的平原地区又回到了治淮前"大雨大灾，小雨小灾，无雨旱灾"的状况。

任何一条大河流的治理都是世纪性工程，尽管这次治理缺少技术性指导，但通过实践，为下一步的治理积累了经验。尤其值得赞扬的是，河南人民战天斗地的气概。

平原河道建立排水系统

1960 年 7 月，周恩来在五省一市平原水利会议上，明确提出了"蓄泄结合，排灌兼施，因地制宜，全面规划"的指示，中央重新制定了"小型为主，配套为主，社会自办为主"的水利工作方针。

河南省治淮工作遵循这个方针，全面恢复"蓄泄兼筹"的措施，在山区组织了水库普查。

当时，孤石滩、杨庄两座大型水库的防洪标准低，质量差，决定扒口泄洪；中型水库中可以蓄水运用的，需要加固处理的，和扒坝废弃的约各为三分之一；小型水库也做了上述处理。

平原地区贯彻了河南省委提出的"除涝治碱，植树固沙，打井抗旱"的要求，采取彻底废除边界圩堤，拆除沟河堵坝，降低阻水路基，废弃平原水库，暂停引黄，平毁一切阻水工程，恢复自然流势等各项措施。

河南省委要求平原各地区，及时做出除涝治碱规划，并分期实施。

这一时期河南省委还处理了大量边界排水纠纷，恢复了井灌，推广了大锅锥钻井，机井配套，实现了打井抗旱、排灌兼施。

修建水库及其配套工程

河南省治淮工作与全省其他水利工作一样，因为关系到群众的切身利益，群众要吃饭，农业要增产，要有水利，因此受到当时各地的领导和群众的重视。

河南省委及时提出今后河南水利建设的方针是：

以建设旱涝保收、稳产高产农田为中心，防旱防涝两手抓，自力更生、小型为主、全面配套、狠抓管理，大力发展灌溉，继续除涝治碱，搞好山区水土保持。

在淮河流域各个水网，都自觉地遵循着这条方针，吸取过去的教训，充分发挥省地水利技术干部的作用，扎扎实实地稳步地搞了一些水利工程，数量不多，质量是好的。

在山丘地区，筹建了鲇鱼山、泼河、五岳等大型水库，复建了宋家场、孤石滩水库，还修建了香山、尖岗等中型水库和一批小型水库和水土保持工程。

在修建水库的同时，建设了南湾、昭平台、石山口等大型水库灌区的干支渠道及其配套工程。

在平原，治理了沱河、颍河等河道，恢复了部分引黄及其放淤沉沙设施，改变了过去大水漫灌的办法，进行了渠系配套，发展井灌，开始井渠结合。

到 1975 年的春季，为蓄水发展灌溉，在淮河流域内继大陈闸的修建，又有计划地建设了周口深孔闸、贾鲁河、李坟、何坞和化行等 5 座大闸，吸取过去的经验，为不阻碍河道排水采取大闸孔、深孔、反拱底板的措施。

淮河流域驻马店地区抗洪

1975年7月31日，3号台风在太平洋上空形成；8月4日，台风在福建省晋江登陆。8月7日，台风进入驻马店地区。在台风尚未到达时，驻马店地区就已经开始大面积普降暴雨了。

暴雨来临前，驻马店地区的气候变化异常，先是出乎意料的闷热，此后一些县市连续几天在日出日落时，都观测到天空呈现出前所未有的紫色，如乌云接日，南虹出现；蚂蚁搬家上树，喜鹊成群结队，老鼠乱窜，狗不吃食；鸡落在树枝上不下来，蛇在洞外游弋不回窝。种种迹象预示着，一场大的自然灾难即将来临。

受3号台风影响，8月4日中午前后，驻马店地区开始零星降雨。8月5日中午水势猛涨，出现第一次洪峰。此后，大雨直到8日后才停止。历时5天，共有3次大规模普降暴雨过程，每次降雨量均创历史新高。在狂风暴雨中，不断有树木被雷电劈倒烧焦、被狂风吹倒折断。居民的房顶被狂风刮跑，房墙被暴雨淋塌。天边的闷雷和刺眼的闪电把暴雨中的村庄撕扯得丝丝缕缕，异常恐怖。农妇们都奇怪自己家的鸡都飞来飞去，惊叫连声，而猪在圈内跑来跑去，不肯安静片刻，狗则上蹿下跳。一条大黄狗甚至跃上屋顶，仰天狂啸，任人们怎样追打责骂，都不肯下来。

位于河南泌阳县境内汝河上游的板桥水库是这次大洪水的"祸首"。

连续几天的暴雨使板桥水库水位暴涨，加之通信不畅，水库管理人员在没有得到上级命令的情况下，不敢大量排水泄洪，而外地区石漫滩水库的大量洪水急骤流入板桥水库，加快了板桥水库水位暴涨的速度。

这场暴雨让驻马店地区生产指挥部指挥长刘培诚、副指挥长陈彬率领有关直属局委的人员急赴板桥。小汽车顶着风雨，在被水淹的公路上走走停停，原本1个小时的路程，他们费了3个小时。汽车驶入板桥，展现在他们面前的是浊流翻滚、断壁残垣，遍野灾民哭救求援。

刘培诚当即召集水库、板桥公社和驻军负责人联席会议，制订防汛方案。会议室里，一身泥水的人们把刘培诚围在中间，语调激昂。有人主张加高大堤，有人主张炸开副坝泄洪。两种意见相持不下，会议持续了一个多小时，直到最后，水库副主任纪严尴尬地告诉大家，防洪仓库内没有铁锹、草袋，更没一两炸药，只有几根小木棍和几只民兵训练用的木柄手榴弹，根本不具备实施任何方案的条件。

刘培诚无可奈何地摇摇头，然后带人去部队营房中查看灾民的安置情况，又到坝上看了水情，乘吉普车走了。他并不认为板桥水库会在洪水面前溃塌。副指挥长陈彬也只是想慰问工作虽已完成，但还要搜集好人好事，才留在了板桥。

6日23时，随着主泄洪道闸门提起，输水道全部打开泄洪。但水位仍在上涨，库水位高达112.91米，已超出水库设计的最高水位2.03米。

最危急的时刻到了。天刚蒙蒙亮，水库管理局的全体职工都集中在坝下，主任张群生在大雨中，动员大家保护国家财产，组织家属转移。

陈彬再次召集驻军、水库、板桥公社领导人会议，商讨应急措施，成立联合防汛指挥部，制订分阶段防汛方案，组织抢险突击队，同时加强了安全保卫工作，宣布水库处于紧急状态，通知下游群众转移。

陈彬派人火速赶往驻马店去，催促地委立即与驻军联系，派解放军到水库抢险，抢修通信线路，运送草袋、发电机组和其他防汛器材。

正说之间，在大坝上监视汛情的人跑回来报告：主溢洪道一二级跌水处腾起一丈多高的水浪，溢洪道中出现严重障碍。老工程师贺炳炎担心溢洪道被冲坏，下令将闸门下压，减少流量。

贺炳炎一向视水库为生命。他板起面孔，生气地说："没到规定水位，闸门根本不应该开！"虽然有人针锋相对："是要人要大坝，还是要溢洪道？"但由于后果不可预料，况且可能涉及责任承担，并没人执意提闸。

时间一分一秒地过去了，库水位以每小时0.3米的速度上涨，此时已达到115.7米，离坝顶只有1米左右了。

水库副主任纪严到公路段用电话向生产指挥部汇报："副溢洪道可能在 16 时左右出水，坝后一个地段发现翻砂冒泡现象，水位将超过警戒线，随时都可能出现险情，请通知遂平沿河一带加强防汛，组织转移。"子夜时分，板桥公社一名干部趟着齐腰深的积水赶到水库管理局转达到泌阳县委转来的省、地防汛指挥部指导：板桥水库开闸泄洪，最大泄洪量达到每秒 400 立方米。

泌阳县委书记朱永朝，7 日一大早率领 30 多名科局级干部，冒着大雨，跋山涉水赶到水库上游；然后改乘木船，逆风行驶 6 个多小时，赶到板桥。听完公社干部的汇报，朱永朝害怕了。板桥、沙河店地势低缓，一旦水库不保，两个公社将荡然无存，他以不容置疑的口气决定："立即安排水库下游的板桥、沙河店的群众迅速撤离。"

电话又中断了。驻军通信员将两部话机分别放在大坝两端，巨雷轰鸣，雨声震耳，即使贴着听筒也听不清对方的讲话。信息的传递只能依赖最原始的方式，由人每隔半个小时在风雨飘摇的坝上往返一次。驻军将另一部报话机献出让人带着赶至板桥水库至驻马店间的沙河店，竭力联系，可是当人刚到沙河店，就被汹涌的洪水卷走了。

雨，在狂泻，风，在怒吼。3 天多了，这穷凶极恶的风雨并没有就此止住，反而势头越来越猛。

8月7日19时30分，驻守在板桥水库的中国人民解放军部队的战士们，用部队的通信设备向上级部门发出特特急电称：

> 板桥水库水位急遽上升，情况十分危急，水面离坝顶只有1.3米，再下300毫米雨量水库就有垮坝危险！

仅仅7个小时后，8日零时20分，水库管理局第二次向上级部门发出特特急电，请求用飞机炸掉副溢洪道，确保大坝安全。可是，同第一封急电一样，这封电报同样没能传到上级部门领导手中。

40分钟后，高涨的洪水漫坝而过。水库管理局第三次向上级部门发出特特告急电，报告水库已经决口。4时，水库当地驻军冒着被雷劈电击的危险，将步话机天线移上房顶，直接在房顶上与上级有关部门取得联系，报告了板桥水库险情。

同时，为及时报告水库险情，让下游群众紧急转移，在无法与外界沟通的危急情况下，驻军曾几次向天空发射红色信号弹报警。可是，由于事先没有约定危急时刻的报警信号，下游群众看到信号弹后不知道发生了什么事情。

7日午后，整个板桥像是被突然抛进了地狱，天地间漆黑无比。人们只能借助划破长空的闪电看到眼前如水龙激喷的水柱。

晚 19 时许，驻马店地区正召开紧急抗洪会议，会上讨论了宿鸭湖、宋家场、薄山等水库可能出现的险情，唯独没有谈到板桥。据当时参加会议的人回忆，板桥水库根本就没有报险。事实上通信中断的板桥水库根本没办法与会议取得联系。

与此同时，河南省水利厅在郑州召开紧急抗洪会议，会议的焦点是如何死守薄山水库，如何保住宿鸭湖水库，以及石漫滩水库是否要炸副泄洪道的问题；也有人担心板桥水库的情况。水利专家陈惺在会上建议：速炸板桥水库副泄洪道，以增大泄洪量！但这一建议已无法传到板桥。

7 日 21 时前，驻马店地区确山、泌阳已有 7 座小型水库垮坝；22 时，中型水库竹沟水库垮坝。

此时板桥水库大坝上正一片混乱，暴雨砸得人睁不开眼，对面说话都无法听清。大批水库职工、家属这时正被转移到附近的高地。雷雨声撕扯着的哭声、喊声和惊恐的各种声响，在暴雨中形成了一种惨烈的氛围。人们眼睁睁地看着洪水一寸寸地上涨，淹至自己的脚面、脚踝、小腿、膝盖……

上涨的库水平坝了，又爬上防浪墙，将防浪墙上的沙壳一块块掏空……水库职工还在做着无畏的抵抗，有人甚至搬来办公室里笨重的书柜，试图挡住防浪墙上日渐扩大的缺口。

猛然，一道闪电划破茫茫雨夜刺得人眼生疼，紧接着是一串几乎震破耳鼓的惊雷。然而伴随雷声消散，人们惊奇于雨声不再。"雨停了!"大坝上不知谁一声呐喊冲破了人们久违的万籁俱寂。

夜幕中竟然出现闪闪烁烁的星斗。

这时候，惊恐不已的人们忽地发现刚才还在一寸寸上涨的洪水，在涨至小腿、膝盖、腹部，甚至向人们的胸部漫淹去时，突然间就"哗"地回落下去，速度之迅疾使所有人都瞠目结舌。洪水怎么会在眨眼间退去?

大坝上瞬息爆发出欲破苍天的欢呼："水落了! 水落了!"然而仅仅片刻，欢呼声仿佛被凝固在了空中，人们都以张口欲呼的姿态待在大坝上。这座刚才还如同一只充足气的巨大气球似的板桥水库突然间萎瘪了。

6亿立方米的洪水犹如一条困龙圈于板桥水库之内。当它终于暴虐地在大坝东侧撕开一个宽达数十米的口子，那种向库外疾蹿的姿态是那么的迫不及待，好像它要把受困几十年间所积蓄的能量一下爆发。那奔涌的雄浑之声犹如雷霆，仿佛这条蛟龙在尽情宣泄它获得自由的狂喜。

泌阳县委书记朱永朝虽已命令板桥和沙河店两公社的人们紧急撤退，但洪水恶扑而至的速度远比人们逃生的步伐要快。

7日傍晚，村里的人看见河南岸沙河店那边影影绰绰有人比比画画大喊大叫，可是风雨太大，他们的喊叫之声完全被消解了。

板桥水库垮坝 5 小时后，库水即泄尽。汝河沿岸，14 个公社、133 个大队的土地遭受了挖地三尺的罕见的冲击灾害。洪水过处，田野上的熟土悉被刮尽，黑土荡然无存，遗留下一片令人毛骨悚然的鲜黄色。

翻越了京广铁路的洪峰，从西平、遂平两县境内继续向下游冲击，驻马店地区 4.5 万平方公里的土地尽成泽国。

8 日凌晨，洪水像脱缰的野马，冲出板桥水库的决口，以每秒 6 米的速度夺路狂奔，铺天盖地地向下游冲去。仅仅 6 个小时，板桥水库就向下游倾泻 7.01 亿立方米洪水。至遂平县境内时，水面宽 10 公里，水头高 3 至 7 米。昔日人欢马叫的遂平县城，顷刻之间一片汪洋。

洪水铺天盖地向下游奔腾而去。所到之处，水库垮坝，堤塘决口。决口的洪水与上游来水合二为一，汇合成更大更猛的洪水一路狂奔，劈头盖脸地淹没了广大的城镇和乡村。据后来统计，整个驻马店地区 96% 的面积受灾，许多地方一片汪洋，平均水深 3 至 7 米，300 多万人口被围困在洪水中。

洪灾发生后，驻马店地委十万火急，向党中央、国务院、中央军委、河南省委及全国各兄弟省、市发出紧急求援电报，并及时组织全区各级党员干部，组成救援分队，深入抗洪一线，抢救人民群众。

8 月 8 日，河南省主要领导和新华社驻郑州记者一起，不顾雷电云雾风险，乘飞机飞抵受灾最严重的遂平县查看灾情。

8月8日11时，中央防总负责人飞抵郑州，之后又飞抵灾区视察。看着机翼下一片汪洋，飞机里每个人都泪流满面，泣不成声。

在此情况下，相关部门作出炸开刘埠口小洪河左堤、洪洼大洪河和分洪道之间的洼地，圈堤及河上阻水堤坝的决定。

14日，有关领导亲自乘直升机飞抵排水爆破现场，指挥炸堤。

人民空军的飞机迎风起飞，飞抵作业区域。

至15日，爆破工作顺利进行。

灾区的水位迅速下降，被洪水围困的灾民得救了。

水电部召开防汛安全会议

1975 年 11 月下旬至 12 月上旬，在河南省驻马店等地特大自然灾害发生后，水电部在郑州市召开全国防汛和水库安全会议，会议由钱正英主持。

钱正英认为，对于发生板桥、石漫滩水库的垮坝，责任在水电部。首先是由于过去没有发生过大型水库垮坝，产生麻痹思想，认为大型水库问题不大，对大型水库的安全问题缺乏深入研究。二是水库安全标准和洪水计算方法存在问题。对水库安全标准和洪水计算方法，主要套用苏联的规程，虽然做过一些改进，但没有突破框框，没有研究世界各国的经验，更没有及时地总结我们自己的经验，作出符合我国情况的规定。三是对水库管理工作抓得不紧，对如何管好用好水库，对管理工作中存在什么问题缺乏深入的调查研究。有关水库安全的紧急措施，在防汛中的指挥调度、通信联络、备用电源、警报系统和必要的物资准备，也缺乏明确的规定。板桥、石漫滩水库，在防汛最紧张的时候，电讯中断，失去联系，指挥不灵，造成极大被动。四是防汛指挥不力，在板桥、石漫滩水库垮坝之前，没有及时分析、研究情况，提出问题，千方百计地采取措施，减轻灾情，我们是有很大责任的。

钱正英还认为：板桥、石漫滩水库工程质量比较好，建成后发挥很大效益。但因兴建时水文资料很少，洪水设计成果很不可靠。板桥水库在 1972 年发生大暴雨后，管理部门和设计单位曾进行洪水复核，但没有引起足够的警惕和提出相应的措施，所以防洪标准实际上很低。

钱正英认为，这次暴雨对治淮工作是一次严格的检验，对全国的水利工作也提出了警告。因此，必须认真地总结正反面的经验，不断提高水利工作的水平。总结治淮 25 年的教训，对洪水做出充分估计，从气象、历史等特点中找出规律性的东西。

由于重视蓄水，忽视防洪，石漫滩水库在溢洪道上增加了 1.9 米的混凝土堰，板桥水库在大雨前比规定超蓄水 3200 万立方米，运用中又为照顾下游错峰和保溢洪道而减泄 400 万立方米。这虽对垮坝不起决定作用，但减少了防洪库容，提前了漫坝时间。由于事前没有考虑特大洪水保坝的安全措施和必要的物资准备，在防汛最紧张的时候，电信中断，失去联系，不能掌握上、下游汛情，不能采取果断有效的措施，也没有及早向下游遂平县发出警报，组织群众安全转移。

钱正英的这番讲话，给人留下的深刻印象是：像板桥、石漫滩这样的水库溃坝事件，再也不能重演了！

会议通过《关于复核水库安全的几点意见》，制定了加强水库安全的措施。

会议确定了河南省淮河流域的昭平台、白龟山和南湾等水库作为除险加固的重点水库。

会议还提出建立防汛无线通信设施。

1976 年在大型水库、重点防汛河段及铁路附近的中型水库增设了无线电台 45 部，河南省邮电局在全省分片设基层网中心台，转报这些报汛站的水情电报至郑州电报大楼与河南省防办水情组沟通，1976 年至 1979 年每年租设 42 至 45 部电台。

与此同时，省防办开始筹建超短波通信设施，先以沙颍河水系为重点建成了一个局域性的无线通信网。

随着水利系统自设超短波电台的逐年增加，向邮电部门租设的短波电台逐年减少，在后来的 1980 年至 1981 年租台减少到 24 部，1985 年、1986 年又减少到 15 部，1992 年以后只剩几部短波电台，且租台时间减少一个月。

进行水库复查和除险加固

从 1976 年起，河南省淮河流域开展了大中型水库安全复核和以水库除险加固为中心的工作。

南湾水库位于河南省信阳市以西 5 公里淮河一级支流浉河上，控制流域面积 1100 平方公里，加固后总库容 13.55 亿立方米，是一座以防洪、灌溉为主，兼顾供水、发电等综合利用的大型水库。

除险加固工程主要建设内容为，主坝、土门副坝加固；溢洪道控制段拆除重建及部分不稳定体加固；输水洞改造加固；复建泄洪洞工程；主坝、副坝、溢洪道、泄洪洞安全监测及电气系统改造；防汛公路改建等工程。

昭平台水库位于淮河流域沙颍河水系沙河干流上，坝址位于河南省平顶山市鲁山县城以西 12 公里。水库控制流域面积 1430 平方公里，是一座以防洪、灌溉为主，结合发电、养鱼、工业用水等综合利用的山谷水库，与下游相距 51 公里的白龟山水库联合运用，控制沙河干流洪水。

水库于 1958 年 5 月动工修建，1959 年 6 月大坝、白土沟溢洪道、输水道等工程基本建成。这次主要是开辟非常溢洪道。

其他还有白沙水库。白沙水库在副坝上做炸药室工程，遇特大洪水采取炸副坝、保主坝的措施。

白龟山、五岳、石山口、泼河等水库加高主坝，原则上先做容易做到的除险度汛工程，再做工程艰巨的保坝加固工程。

另外，中型水库也照此原则，普遍进行了除险加固工程。

1978 年春旱后，河南省进一步明确农田水利基本建设的方针：

> 以治水改土为中心，山、水、田、林、路、井综合治理，抗旱防涝两手抓，建设旱涝保收高产稳产田，坚持以小型为主，配套为主，社队自办为主，当年受益为主，按山区、平原、洼地不同自然条件，分类指导。

按照这个方针，淮河流域在进行大、中、小型水库除险加固的同时，在平原，进行了打井配套，恢复引黄灌溉，井渠结合，开挖了惠济河、包河、王引河等河道；在洼地，进行了排水系统的配套工程；在山丘，开展以小流域户包水土保持工程及人畜饮用水工程。

对周口地区进行综合治理

1955 年，开展以打井为主的农田水利建设，周口地区掀起了打井高潮，推广应用了"56"打井法，结合发展井泉灌溉，开展以改土治水为中心的农田基本建设。

周口地区位于淮河流域豫东平原，属暖温带半旱半湿润大陆性季风气候区，气温、降雨、风向随季节变化显著。地势平坦，土壤肥沃，气候温和，光热资源充足，水文地质条件尚好，地表水季节性强，是河南省商品粮、棉、油的重要产地之一，农业生产潜力很大。

由于历代统治阶级不重视兴修水利，致使区内沟河堤防千疮百孔，自然灾害频繁。

特别是 1938 年，国民党政府重演"以水代兵"的旧伎，于 6 月 2 日至 9 日，先后炸开花园口黄河南堤，使滔滔浊流汹涌南泛，并分几路流入淮河。黄水到处，浊浪排空，万里沃野顿成泽国。黄水肆虐流荡达 9 年之久，造成了举世闻名的荒无人烟的黄泛区。

地处黄泛区腹地的周口地区受害尤为严重，在沙河以北，贾鲁河、颍河、涡河间的三角地带 8 个县、市约6000 平方公里的面积遭黄水吞没，其中扶沟、西华、太康为主流经过区域，灾害更为惨重。

黄水泛滥过后，河淤沟堵，水系紊乱，排水无路，泄水不畅，沙岗起伏，沟壑纵横，杂草丛生，昔日的良田变成了既易涝又怕旱的荒地，遇洪涝则平地行舟，遇旱又赤地千里。

横穿全区腹地的重要防洪河道沙颍河，即淮河最大的支流，平均 5 年决口两次，灌溉设施根本谈不上。整个黄泛区洪、涝、旱、碱、渍多种自然灾害并存，遍地是灾荒，到处是悲伤。广大人民处在水深火热的苦难之中，挣扎在死亡线上，过着饥寒交迫的生活。

在新中国成立后，全区人民积极响应毛泽东"一定要把淮河修好"的伟大号召，在各级党委和政府的领导下，坚持自力更生、艰苦奋斗的精神，与洪、涝、旱、碱、渍灾害作斗争。

经过 40 余年不懈的努力，大力兴修水利工程，使全区农业生产条件有了很大的改善，逐步改变了周口地区在 1949 年前"大雨大灾，小雨小灾，无雨旱灾"的多灾低产面貌。

党的十一届三中全会以来，由于认真贯彻执行党对农村的各项政策，极大地调动了广大农民的生产积极性，促进了全区农业的全面发展。

本区水利工作重点是解决洪涝灾害，进行河道治理，采取以工代赈的形式，进行挖沟排涝，修筑加固堤防，治理了颍河、新运河、黑河、泥河、清水河等 17 条骨干河道，部分小沟河也作了疏通治理，培修了周口以上沙河堤防。

到 1957 年，建小型提灌站 7 处，开挖人口砖井 16 万眼，配套解放式水车 5.4 万部。共治理低洼易涝地 129.52 万亩，改良盐碱地 0.75 万亩。

虽然当时河道治理的标准不高，但紊乱的水系得以调整，排水出路得到改善，全区"大雨大灾，小雨小灾，无雨旱灾"的局面有所好转。同时，通过黄淮综合治理，提高了人民群众治水的积极性和主动性。

1958 年至 1961 年这一时期内，周口地区执行了"以蓄为主"的治水方针，提出"一次降雨 200 毫米水不出境，地不成灾"，就地"消化"和"一年实现水利化"等的口号，大修平原水库和引黄蓄灌工程。

周口地区动员区内 80% 以上的男女劳力，大挖蓄水坑塘，抬高路基，修筑台田边界围；新挖了周商永运河、许扶运河、项城长虹运河等 10 多条运河，在沙河南建闸引水，修筑商水黄坡、秦湘湖等水库。

1962 年 2 月，周恩来针对单纯蓄水的弊端，提出"蓄泄结合，排灌兼施，因地制宜，全面规划"的指示。河南省根据平原地区的情况，推出了新的水利方针："以除涝治碱为中心，排、灌、滞兼施。"

周口地区遵照这一指示，废除平原水库，平废周商永运河，拆除阻水工程，恢复自然流势；同时，采取挖河排水、打井抗旱、除涝治碱等措施，扭转局势。

为打开排水出路，理顺水系，周口地区采取以工代赈形式，组织民工大挖骨干河道，按 3 至 5 年一遇除涝标准共治理重建双狼沟、新运河、清水沟、新蔡河等 33 条沟河，河道排涝防洪能力有了进一步提高。

由于打井技术和工具的改进，井深达到 20 至 40 米，效率高，掀起了建机井高潮。到 1965 年底打机井 249 眼，一般井 81 万眼，井灌面积有了较大发展。

1966 年至 1978 年，全区结合实际，坚持自力更生，大力开展以方田、条田、台田建设为主要内容的农田水利工程，同时提出加强管理，明确服务方向。

在井灌方面，周口地区改革打井工具，推广水冲钻，加速了打井速度，掀起了农田灌溉打井配套高潮，建设机电井 9.7 万眼，机电配套 7.5 万眼，机电灌站 1194 处，有效灌溉面积达 732.4 万亩。

周口地区坚持旱涝两手抓，逐步达到遇旱有水、遇涝能排的要求。在治理骨干沟河，打开排水出路的同时，为控制利用河道过境径流，防止地下水流失，兼以补充地下水源，全区在盐碱灾害威胁不大的骨干河道上，在不影响泄洪和排涝的前提下，扩建、改建、新建沙河周口、槐店、惠济河东孙营等大中型节制闸 48 座。

周口地区开挖配套调水渠，向缺水地区调水补源，取得了显著效果；积极采取措施、调整种植结构的方法，分类治理盐碱地达到 67.64 万亩。

大力治理淮河干流沱河

沱河是淮河的一条主要支流，源自河南省商丘县东北部的刘口集西，流经商丘、虞城、夏邑、诸县，横穿永城，至永城县苗桥乡闻桥村南注入安徽省，经安徽省雕溪、宿县、灵璧入沱湖，在河南省境内，河长125.7公里，流域面积2358平方公里。

沱河上游和下游名称各异，在新中国成立前，商丘县段名爱民沟，流入虞城和入夏邑部分称为"响河"，永城段称"巴沟河"，安徽境内称为"唐河"。1951年治理后，因下游改经沱河入沱湖，始称"沱河"。

历史上，封建官吏置人民生命安危于不顾，沱河长期得不到系统治理，致使"河槽日渐浅窄，每遇夏秋雨水略多，河不能容，水漫平地，即成水灾"。

1951年，毛泽东发出"一定要把淮河修好"的伟大号召，沱河儿女积极响应，誓将千年害河变利河。在解放初期经济基础薄弱、困难重重的情况下，沿河人民发扬自力更生、艰苦奋斗的精神，在党和各级人民政府的组织领导下，开展了规模浩大持续多年的治沱、治淮斗争，仅1951年至1968年17年间，就连续组织治理了3次。

1951年至1952年治理时，将唐河上游巴河截引入沱。

巴河自河南省永城县的朱场开始，其上纳虬龙沟、响河两支，东南流，至濉溪县潘刘口截流改道入洪河，经宿县城区北部折入沱河。治理后，上自永城的朱场，下至樊集，统称"沱河"，朱场至大安集全长192公里。

流域面积：朱场以上1795平方公里，潘刘口以上3320平方公里，大安集以上4500平方公里。

1953年治理时，在大俞家挖通隋堤公路，将唐河、新河中游的小黄河402平方公里划属北沱河。

1965年将上源王引河自翟桥经新北沱河（即原唐河）至大秦闸上，向南改经东新建沟入沱河，划出来水面积1406平方公里。

1956年又将唐河中上游1354平方公里来水，于蒿沟附近截引入北沱河，并改名称为"新北沱河"。

1958年王引河自濉溪县的孟口改道南下，至王庄入沱河，1964年王引河复故，改道段及地下涵废除。

1965年新北沱河大秦家闸以上1406平方公里来水，改经东新建沟入沱河。

第三次治理是在1968年1月至1971年4月，标准5年一遇除涝，20年一遇防洪筑堤，治理段上自商丘、虞城县界下1公里，下至濉溪县七岭子，长153公里，工程分三期实施：

第一期施工段自省界以下至七岭子长48.3公里，由永城、商丘县民工8.98万人出境与濉溪县协同施工。

其中，商丘专区段自省界至汪桥，长 23.7 公里，于 1968 年 12 月底竣工，做土方 651.3 万立方米，投资 391 万元。

第二期施工段自省界以上至夏邑县毛河口，长 62.62 公里，由永城、夏邑、虞城、商丘四地 115 万人，于 1969 年 3 月开工至 5 月竣工，做土方 1200 万立方米，投资 463 万元。

第三期施工段从毛河至商丘、虞城县界以下 1 公里，施工长度 36.9 公里，由虞城、夏邑两县施工，于 1971 年 2 月开工至 4 月底竣工，做土方 321.7 万立方米，投资 95.5 万元。

在长期治沱过程中，沱河儿女发扬自力更生、艰苦奋斗、改天换地的大无畏革命精神，用铁锹、泥兜、肩抬、人拉板车，创造了优质的河道治理工程，谱写了一曲团结治水的壮丽凯歌。

安徽省为给上游打开排水出路、减轻洪涝灾害，平地开挖了长 126 公里直通洪泽湖的大型河道新汴河。

河南省商丘地区为加快统一治沱，于 1986 年底派出 10 万治河大军，跨省到安徽省治理沱河。

在新汴河工程进行至最后决战阶段，商丘专区在豫、皖交界的沱河上筑坝拦水，使自己在水下作业，为下游安徽省的 30 万治河大军的正常施工提供了方便。

为此，1989 年 7 月《人民日报》《解放军报》都作了有关"河南安徽人民同心协力治理沱河开挖新汴河

——团结治水光辉范例"的报道。

沱河主干治理后，在沱河流域内制订了集中连片治理，建设高标准旱涝保收田的整体发展规划，逐步实现工程效益、生态效益、社会效益的综合开发。

首先将流域内 100 平方公里以上的支流进行了统一治理；其次对田间配套的干、支、斗、垄沟在各县的统一组织下也分别进行了治理，形成了完整的防洪排涝体系。

为解决生产和交通困难，在沱河上兴建了生产桥 25 座、交通桥 11 座、公路桥 4 座，支沟口防洪排涝涵闸 42 座；为使沿河地下水位不至于下降过快，发展灌溉，沿河修建 31 处提灌站，装机 1940 马力，提水量每秒 8.93 立方米，灌溉面积 5.58 万亩。

通过以上工程措施，该流域减少涝灾面积 75 万亩，治理盐碱地面积 1 万亩，治理低洼易涝面积 100 万亩左右。

按照"堤身坚固完整化，堤顶路面平坦化，堤肩草皮化，堤坡草条化，护堤地园林化"的标准，人们整修了平坦顺直的堤顶路面，在堤上堤下，植上了各种用材树、果树、风景材和条类等护坡。仅沱河水城段，在长75.7 公里的堤段上，先后栽植各种用材树 69 万棵，梨、桃、苹果等各种果树 19.2 万株，雪松、蜀松、龙柏等各类风景苗木 5 万多棵，栽插黄花菜等 44.8 万余墩，绿化总面积达 9970 多亩。

至 1989 年，全河年木材生产量已达 76 万立方米，年直接经济效益 120 余万元。

同时，该工程发挥了较好的防风护堤、减少土壤流失的作用。经省、地专家测定，同不采取综合治理措施的堤段相比，沱河土壤流失量减少 93.3%。

为此，沱河永城段综合治理工程连获商丘地区科技成果一等奖，河南省科技成果三等奖，河南省中小型河道管理一等奖；其支流虬龙沟综合治理工程，1986 年获国家优质工程银牌奖。

联合国粮农组织的专家于 1989 年 5 月视察沱河永城段后，对该项工程显著的综合效益给予了很高的评价。

三、 安徽治理淮河

● 1950 年冬至 1956 年春，安徽省对淮北大堤进行两次加高加厚工程。

● 蒙城县对地表水采取"排、引、蓄"兼顾，对地下水实行"控、降、补"结合，使项目区 65% 的耕地灌溉保证率提高到 80%。

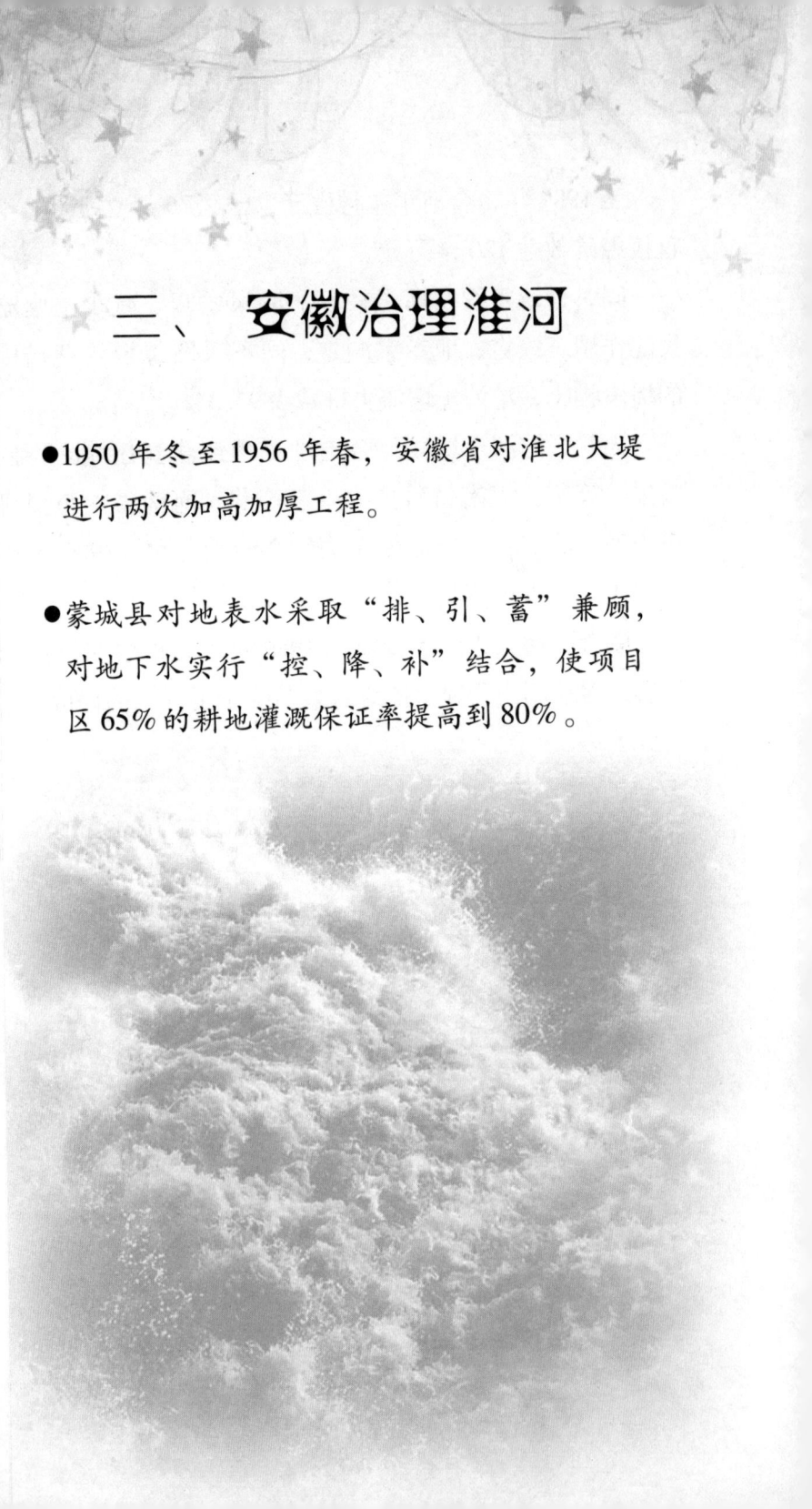

兴建大型的山谷水库

1950 年 10 月 14 日，党中央《关于治理淮河的决定》明确了"蓄泄兼筹"以达根治之目的治淮方针和豫、皖、苏三省共保，一齐动手团结治水的原则。

这个方针解决了治淮事业中蓄与泄，上、中、下游的关系，防洪与除涝，长期与近期等一系列关系，闪烁着马克思主义辩证法的光辉。

安徽省贯彻执行"蓄泄兼筹"的治淮方针，首先开始以兴建大别山区山谷水库，加高加厚淮北大堤，开辟沿淮行蓄洪区，开挖淮北分洪新河为主要内容的淮河中游防洪工程体系。

与此同时，对自然条件异常复杂的淮北平原区实行全面规划、综合治理，以期达到旱涝兼治和开发利用的目的。

淮河中游洪水大部分是由山洪暴发造成的。治淮一开始，安徽省就着手规划和兴建山谷水库，拦蓄山区洪水，减轻中游河道洪水威胁，发展水电、灌溉等综合利用。

从 1951 年开始，安徽境内先后在淠河上游兴建了佛子岭、响洪甸、磨子潭 3 座大型水库，在史河上游修建了梅山水库，4 座水库总库容为 57.4 亿立方米。其中响洪甸水库总库容 26.3 亿立方米，梅山水库总库容 22.75 亿立方米，这是淮河流域两座最大的水库。

首先施工的是佛子岭水库。这座水库由当时担任治淮委工程部长的水利专家汪胡帧主持设计和施工，坝型选用钢筋混凝土连拱坝。

当时全世界仅美国和法属阿尔及利亚各有一座连拱坝，只有少数技术人员看到过照片和简单的资料，大多数同志和领导对此没有把握；尤其是在高强烈度地震源附近建造连拱坝，缺少设计理论和实践经验。

1951 年 11 月，治淮委邀请了国内著名学者专家论证其可行性，结果一致赞成采用连拱坝型。大坝由 21 拱、20 垛及两岸重力坝组成，最大坝高 75.9 米，坝长 510 米。

水库在生活条件十分艰苦的大别山中建设，水库建设者没有筑坝经验，更没有现代化的施工设备，但这些都没有难倒几千名水库建设者。没有经验，他们就边干边学；没有现代化设备，他们就自己动手设计出当时条件下能够制造和比较适用的土设备；遇到设计和施工技术难题，他们就认真钻研和集体讨论研究解决。

水库建设者经常利用晚上和节假日请从事各项业务工作的同志讲课，他们互相帮助，共同提高。

大家自豪地说"我们是佛子岭大学的学生"。

就是这座没有围墙、没有教学设备的"佛子岭大学"，培养、造就了一大批有自力更生和奉献精神的水利建设者。

1952 年，中国人民解放军水利第一师开进工地，成为水库建设的主力。他们发扬解放军的优良传统，团结协作，英勇顽强，为水库建设者树立了榜样。

1953 年汛期，大水冲毁了导流工程；1954 年，一场大火从河西烧到河东，但大家不怕困难不气馁，高喊出了：水火无情，我们有志；困难再大，也能克服。

1954 年汛前完成大坝的决心不动摇，水库建设者坚持正常施工，开展社会主义劳动竞赛和合理化建议活动，把大水和大火造成的损失夺了回来。

到 1954 年 7 月，仅用两年半的工期，水库建设者就高质量地建成了这项宏伟工程。

1954 年 7 月 23 日，大坝刚好浇筑到顶，大别山区就发生了接近水库设计标准的暴雨洪水。大坝首次拦洪，水位高达 126 米，比坝顶高程仅低约 3 米。大坝经受了大洪水的高水位的考验，安然无恙。

佛子岭水库的建成，为淮河流域其他水库的建设提供了技术和管理等方面的宝贵经验，也为以后的水利建设造就了一大批有经验的技术和管理骨干。

佛子岭水库建时缺乏资料，原规划防洪库容偏小，泄洪能力不够，此后，水库建设者采取了扩大溢洪道，加高大坝，上游增建磨子潭水库，并计划兴建白莲崖水库，以提高佛子岭水库防洪标准。在白莲崖水库建成后，其防洪标准可提高到 500 年一遇。

随后，梅山、响洪甸和磨子潭水库于 1956 年、1958 年和 1959 年相继建成。

梅山水库大坝仍采用钢筋混凝土连拱坝，坝高 88.24 米；响洪甸水库大坝采用单拱重力坝，坝高 87.5 米；磨子潭水库大坝采用双支墩混凝土坝，坝高 82 米。这几座大坝在当时国内同类型的大坝中都是最高的。

从此，千百年来放荡不羁、肆虐为害的大别山洪水终于被拦蓄在狭窄的山谷中，听从人们的调度，防洪、发电、灌溉，为人民造福。

建设洼地蓄洪控制工程

以 1950 年冬开始，淮河治理委员会决定利用较大的湖洼地，兴建檬洼、城西湖、城东湖和瓦埠湖 4 个控制蓄洪区，总面积 1930 平方公里，蓄洪量 65.8 亿立方米。

蓄洪区都修筑有堤防，把蓄洪区和淮河分开。檬洼和城西湖蓄洪区还兴建了进洪闸和泄洪闸。城东湖和瓦埠湖的进洪和泄洪用同一个闸控制。遇到大水年份，这些湖洼在统一安排下，按照人们的意志，通过水闸的控制，有计划地进洪、蓄洪和泄洪，直接削减干流洪峰。

在设计条件下，控制正阳关水位不超过 26.5 米，或者下泄洪峰流量不超过每秒 1 万立方米，使淮北大堤能够安全度汛。瓦埠湖蓄洪区本身内水较大，在淮河发生特大洪水时启用。

城西湖蓄洪区于 1952 年建成，蓄洪量最大，是确保淮北大堤防洪安全的一张"王牌"。城东湖蓄洪区蓄洪量 159 亿立方米，位于淮河、颍河、滦河汇流点正阳关附近，对控制正阳关水位的作用比较显著，建成后有 4 年运于蓄洪。瓦埠湖蓄洪区本身集水面积大，内水位高，1954 年曾漫堤进洪。

为了控制淮河正阳关的流量，在超过河道安全泄洪量后能够向城西湖蓄洪分洪，淮河中游于 1951 年建成润河集分水闸工程，这是当时全国最大的河道枢纽控制工程，由拦河闸、进湖闸、固定河槽、拦河坝和船闸等组成。该工程从 1951 年 3 月开工，到同年 8 月竣工，仅用了半年不到的时间。

这项工程的建设曾得到全国的支援，既是一万多名工人、农民、知识分子的血汗和智慧的产物，又是全国人民支援的结果。但因经验不足，防洪设计标准过低，未考虑综合利用，枢纽布置不够妥当，消能设施存在问题，1954 年大水时进洪闸下游护坦与闸门油路系统被损坏，未能发挥分洪蓄洪作用。1958 年修建临淮岗水库时润河集分水闸工程被拆除。

1971 年，润河集上游 4.8 公里处修建了王截流城西湖进洪闸，设计进洪流量 6000 立方米每秒，每孔孔径 10 米，共 36 孔。

为了增大淮河的排洪能力，安徽省从 20 世纪 50 年代初，在沿淮先后开辟了 18 处行洪区，承担淮河干流泄洪流量的 20% 至 40%。

两次加高加厚淮北大堤

1950 年冬至 1951 年春，安徽省按照 1950 年洪水标准对淮北大堤复堤。这是第一次工程。

淮北大堤是淮河中游的主要防洪屏障。它是以颍上县饶台孜至江苏省泗洪县下草湾的淮干左堤为主干，连接涡东、涡西堤圈组成的淮北大堤堤圈，总长 648.79 公里。

淮河平槽泄洪量小，洪水来量大，必须筑堤防洪。沿淮河的淮北大堤连接颍河、西淝河和涡河的堤圈以及淮南、蚌埠市堤圈，保护着 600 多万人口、1081 万亩耕地和淮南煤电能源基地，以及津浦、阜淮铁路等交通的安全，关系到国民经济的大局，被确定为淮河确保堤。

这次对淮北大堤的加高加厚，在正阳关和蚌埠两地设计洪水流量分别为每秒 6500 立方米和每秒 7500 立方米，洪水水位为 24.40 米和 20.60 米。堤防标准低，堤顶宽 6 米，超高 1 米，和一般堤防一起总长 712 公里，共完成筑堤上方 2108 万立方米。

1954 年大水后，淮北大堤进行第二次加高加厚。1954 年冬至 1955 年春，堤防恢复至 1954 年洪水前的标准。

1955 年至 1956 年春，按照淮河流域规划要求，堤防被以 1954 年的洪水标准加高加厚，并有部分堤段退建。

正阳关和蚌埠的设计洪水流量分别为每秒 1 万立方米和每秒 1.3 万立方米，设计洪水位分别为 26.5 米和 22.6 米，约合 40 年一遇防洪标准。设计堤顶比 1954 年淮北大堤不决口的洪水位高出 2 至 2.5 米，堤身高度一般为 6 至 8 米，最高 10 米左右，堤顶宽 10 米，筑堤土方达 8145 万立方米。

为适应国民经济发展对防洪的要求，国家从 1983 年起，对涡河以西和涡河以东的淮北大堤进行除险加固，进一步提高了堤防的抗洪能力。

这些水上建筑物的兴建，与洪泽湖大堤一起，组成了洪泽湖控制枢纽工程，使这个"巨型平原水库"的作用越来越大。

豫皖苏三省开挖淮北新河

1968 年洪水后，国务院召开治淮规划会议，提出治淮战略骨干工程，确定在淮北开挖茨淮新河和怀洪新河。

这两条新河是综合利用的大型水利工程，平时承泄截引支流 1.7 万平方公里的涝水；特大洪水时，分泄颍河、淮河洪水 2000 个流量，减轻淮河干流洪水的压力，同时发展灌溉和航运。

1971 年茨淮新河开工。

阜阳地区所属 10 个县和淮南市凤台县、潘集区参加施工，年最高上工 30 万人，一般 10 多万人。新河起自阜阳县的茨河铺，到怀远县荆山口以上注入淮河，全长 134 公里。

为了有利排涝，新河都是平地开挖。新河设计分泄颍河洪水每秒 2000 立方米，使颍河阜阳以下原来不到 10 年一遇的防洪标准提高到 20 年一遇，为豫、皖两省 1500 万亩耕地扩大了排水出路，减少了颍河入淮口正阳关至怀远段淮河干流洪水流量每秒 2000 立方米，利用新河可以发展灌溉 198 万亩。

新河河槽底宽 122 至 250 米，堆土区距离 320 至 500 米，挖深 6 至 10 米。

新河上建有茨河铺、插花、阚町、上桥四级枢纽，包括节制闸和船闸。阚町和上桥还分别建有装机 1600 千瓦电动机为 4 台和 6 台的抽水站，排涝和提水灌溉流量分别为每秒 80 立方米和每秒 120 立方米。

开挖河道土方 2 亿多立方米，四级枢纽都已建成，沿岸大部分电力排灌站和输变电工程也已投产。截引的两条主要支流，西淝河上段已按设计防洪除涝标准完成，灌溉节制闸也已建成，黑茨河治理也已完成。

由此，茨淮新河可按原设计标准发挥防洪、除涝、灌溉和航运作用。蚌埠至阜阳两个重要工业和商业城市间可以常年通航，比原来沿淮至颍河的季节性通航航道缩短航程 90 多公里。

特别是新河沿线的凤台县、淮南市潘集区、怀远县和利辛县已经利用新河水源，大力发展水稻近百万亩。一麦一稻，大大促进了农业生产，人民生活水平有了较大提高。

两岸的农田基本建设有了显著的变化，沟、渠、路、林、田、电统一布置，一些原来荒芜的地方如今变成了河水静静流、两岸稻花香的鱼米乡，初步实现了大地园田化。

怀洪新河是与茨淮新河同时确定兴建的大型骨干工程。

新河总长为 125 公里，进口有每秒 2000 立方米的分洪闸。沿途汇合各条支流来水后逐步加大流量，从北峰山进口段起，总流量为每秒 4770 立方米，一直送入洪泽湖。

新河在不分洪年份，可以为涡河以东、新汴河以南的河南省东部部分地区和安徽省宿县地区、淮北市、蚌埠市煤潼河水系1.2万平方公里的内水扩大出路，并可发展农业灌溉100至150万亩。

怀洪新河于1973年开工，由当时宿县地区9个县组织民工，完成了双沟切岭和老窑河部分切滩。1975年河南大水后，工程设计人员对新河规模重新进行了研究论证，并且对中段河线做进一步比较，确定暂时缓建。直到1991年冬，才又开始复建。

当地人说："站在浮山望五河，五河五条河，淮、浍、谯、潼、沱。"五河县即由此得名。淮河在五河县以上有12万平方公里的流域面积，原煤潼河水系流域面积有1.54万平方公里，占五河县以上淮河流域面积的八分之一。

每当淮水暴涨，外水顶托倒灌，内涝无法排除，五河一带一片汪洋。为了解除这一地区的涝灾，治淮工程一开始就曾设想开挖淮河降低五河水位，但工程量太大。技术人员经过反复研究比较，最后确定了干支流分治、内外水分流的方案，将淮河与支流浍、漴、撞、潼分开。内水经源漠河切开北峰山，入老窑河和老淮河，开下草湾引河穿岗入洪泽湖傈河洼，全长469公里，比原走淮河旧道缩短65公里。

煤潼河在五河北店子的设计水位为165米，比淮河在五河北店子的设计水位 18.6 米降低 2.1 米，排泄流量为每秒 1000 立方米。

五河内外水分流工程主要包括，开挖下草湾引河，疏浚煤潼河及峰山切岭，开挖泊岗引河，建筑窑河、泊岗、下草湾和煤潼河 4 处拦河堵坝，总土方量为 5480 万立方米。

自 1951 年 10 月正式开工，到 1954 年 6 月基本完成，该工程当年就发挥了效益。偿渲河经过的新涂河、北峰山切岭和下草湾引河都要穿过厚淤泥层或者山岭和岗地，工程非常艰巨。峰山切岭段地表是坚硬的土层，下面还有岩石，最大开挖深度达 27 米。

面对极困难的施工条件，淮北人民创造了"祝怀顺小队工作法"等实用施工技术，使整个工程施工期短、质量好，为人工开挖切岭积累了宝贵的施工经验。

40 多年来，五河内外水分流工程发挥了显著效益。五河的内河多年平均水位降低 1.5 米以上，其中 1982 年降低达 4.39 米，累计减免内水淹没损失 2000 多万亩，直接经济效益达 9 亿元，是工程投资的 20 多倍。高低水分排、内外水分流的成功经验，也为以后大面积洪涝矛盾地区的治理提供了借鉴。

新汴河是豫、皖、苏人民一齐动手、团结治水的典范。

新汴河，是为解决宿县地区和河南商丘地区东部排水出路而新辟的一条大型骨干河道。它在宿县城北截引沈河，在老符离集截引濉河，经灵璧至江苏入洪泽湖，涉及豫、皖、苏3个省14个县、市。

历史上这里受黄泛严重影响，沱河、雕河等河道排水不畅，每到汛期上游洪水直泻而下，抢占河槽，使中、下游洼地涝水无法排泄，积涝成灾。

1963年一场大水，宿县地区85%以上的耕地受灾，只收了4亿公斤粮食，连农民的口粮都不够。

1966年，国务院决定开挖新汴河，实行洪涝分治、高低水分排，解除这一地区的洪涝灾害。当年冬天，宿县地区全面动员，组织30万治河大军奔赴工地，其中6万多名民工被派往江苏泗洪县40多公里长的工地上参加战斗。河南商丘地区考虑到宿县地区挖河任务重，1968年派出10万民工到安徽境内支援。

地处下游的泗洪人民，以大局为重，不仅让地拆房，而且做了许多处理工程，保证了新汴河的兴建。安徽省还把计划在安徽境内修建的一座节制闸，移到江苏省泗洪县境内，取名"团结闸"。

现在"团结闸"已成为皖、苏两省人民团结治水的象征。它不仅使泗洪县数万亩农田得到灌溉，还沟通了苏北、皖北的水上交通，促进了工农业生产的发展。新汴河像一条玉带，把豫、皖、苏人民联在一起。

新汴河全长127.1公里，河底宽95米左右，按5年一遇除涝、20年一遇防洪标准和六级航道的通航要求设计，建有3座由节制闸、船闸、抽水站、公路桥组成的大型水利枢纽。

从 1966 年冬开工，到 1971 年春建成，新汴河工程共完成土方 1.4 亿立方米，石方 10 万立方米，混凝土 9.9 万立方米，国家投资 1.57 亿元。

新汴河的建成，改善了豫、皖两省上千万亩农田的排水条件，减轻了灵璧南部和五河、固镇一带由于上游河道洪水汇集带来的压力，为提高当地除涝标准创造了条件；同时可以综合利用，发展灌溉和航运事业。

1982 年 7 月，新汴河流域发生了与 1963 年相似的大暴雨，新汴河发挥了巨大的排洪效益，11 天中安全泄洪 6 亿多立方米，保障了两岸 200 多万亩农田和 100 多万人民的生产和生活，保住了沿线的工矿、城镇，当年宿县地区粮食总产仍达 18 亿公斤，是 1963 年的 4 倍多。

综合治理淮北大平原

广阔的淮北平原，处在淮河中游及淮北各支流的下游，上承河南省各河来水。治淮以前，除雕河直接入洪泽湖外，其他支流均泄入淮河。由于黄河长期夺淮，造成淮河水系紊乱和排水出路严重淤积阻塞，防洪、除涝标准很低。

在长期的治水斗争中，淮北人民因地制宜，扬长避短，综合治理，积累了丰富的经验，积累了许多成功的经验。

淮北北部地区，首先疏浚和开挖河沟，治理涝、渍、盐、碱；接着在不影响除涝的前提下，在河道上建闸蓄水，因地制宜地发展河灌；并且充分利用地下水，发展井灌，努力发展粮食生产，还建成了优质棉花基地、水果基地和中药材基地。

该地区按照遇涝能排、遇旱能灌的要求，疏浚中、小河道，开挖大、中、小沟，逐步提高河沟排水能力；在疏浚中、小河道时，建造节制闸蓄水，地表径流不足的地方，打井开发地下水资源；实行"排、蓄、引"兼顾，"深沟引水，分散设站，排灌结合"的办法，使淮北中部的农业抗灾能力逐步提高。

沿淮河、颍河、茨淮新河、涡河两岸，采取建闸蓄水，设站提水，发展水稻。

昔日被称为"水袋子""灾窝子"的凤台县，如今成为淮北水利建设的一颗明珠。该地区从20世纪50年代至70年代中期开始，加固淮北大堤，疏浚内河，开挖茨淮新河。西淝河上中游来水被截引后，改变了以前"前门怕淮水侵入，院后怕淝水南下滞淹"的状况。

20世纪70年代后期至今，该地区按照统一规划，开挖了永幸河，坚持不懈地大搞农田水利基本建设，始终坚持以"因地制宜，全面规划，山、水、田、林、路综合治理，促进农、林、牧、副、渔全面发展"为指导思想；以"岗湾结合、旱涝兼治、建设稳产高产农田"为目标；采取"截岗抢排，高低水分开"，"深沟引水，分散建站，排灌结合，全面配套，沟渠畅通"的工程措施，实现了"四网一方"。"四网"，即沟网、路网、林网、电网；"一方"，即方块田，园田化。

经过10多年连续治理，县内淮、淝、港、架、茨淮5条河能灌能排，有效灌溉面积达70万亩，治涝面积36万亩，建成旱涝保收田51万亩，农民人均1.02万亩。

1988年大旱，全县粮食总产量达40.18万吨，其中水稻产量20.36万吨。当年全县农业总产值和乡镇企业总产值分别为21亿元和2.62亿元，均比1978年增长了13倍，获得了全国水利建设先进县的光荣称号。

1980年，淮北中部的蒙城、涡阳、濉溪县60万亩农田被列入华北平原农业项目区，引用世界银行贷款配合国内资金和群众劳务投入，对砂礓黑土进行综合治理试点，至 1987 年竣工，共投入资金 8075 万元，亩均 130 元，取得了显著成绩。1987 年，项目区农业总产值 2.547 亿元，比治理前增长了 9 倍多。

项目区的成功经验主要在于实行工程措施与生物措施相结合，对水、土、肥、种、林、机、电、路等多方面进行综合治理。开挖中、小沟和田间渠道，对桥、涵、闸、站全面配套，建立了比较完整的排灌系统，遇涝能排，遇旱能灌，遇渍能降，增强了抗灾能力。

1984 年 7 月中下旬，涡阳县项目区降雨 259 毫米，5 天降雨 198 毫米，雨后一日地面水位降至地下 230 毫米，避免了涝灾损失。

蒙城县对地表水采取"排、引、蓄"兼顾，对地下水实行"控、降、补"结合，使项目区 65% 的耕地灌溉保证率提高到 80%。

1986 年 7 月至 9 月 50 天内仅降雨 13 毫米，项目区利用河沟蓄水和地下水灌溉，10 多万亩作物未受干旱，喜获丰收，水稻、玉米单产分别达 500 公斤和 300 公斤。

淮北人民开挖新汴河

1966 年 11 月 10 日，水电部电告安徽省："国务院已批准新汴河工程设计任务书，关于该工程的扩大初步设计，可由你省自行审批。"新汴河工程审批工作已告完成。

在进行新汴河工程扩大初步设计的同时，工程筹备处于 1966 年 6 月 22 日成立，并于 10 月正式组建工程指挥部，孟亦奇任指挥部党委书记，郑英保、张鸿、李大涓、许旺熙、李振兴等分任其他领导职务。11 月，郑淮舟主持全面工作。各县亦成立了新汴河施工总队。

中国人民解放军的支持和全国各地物资供应方面的支援，使新汴河工程的顺利开工有了保证。

新汴河一期工程计划上工人数 22.09 万，实到 22.54 万人，于 11 月中旬全面动工，全线开挖新汴河本干和雅河引河。同期开工的还有新北沱河、唐河、石梁河等 3 座地下涵。

新汴河一期工程基本结束后，江苏泗洪县一再电告水电部：新汴河未做够行洪标准不能行洪。根据水电部通知，新汴河工程负责人郑淮舟、李大涓等数次与江苏方面会商，方允许行洪每秒 350 立方米。

1967 年 12 月 16 日，中国人民解放军六四〇八部队进驻新汴河指挥部。六四〇八部队和宿县军分区根据省20日电报，联合发出《关于新汴河第二期工程的紧急通知》，要求次年2月开工。

1968年2月至3月，新汴河第二期工程相继复工。由于物资供应集中，运输跟不上，商丘、徐州、淮阴、合肥、蚌埠等地先后派来180余辆汽车，日夜不停地协助运输。

其中，徐州军民出动100辆汽车将4000吨煤、150万公斤面粉直接送到工地。昆明、沈阳、广州、福州、济南、南京等大军区，支援军鞋20多万双和大批雨衣等物。

第二期工程，包括徐岗切岭二期工程，于1968年5月中旬至7月20日陆续完成。

新汴河第三期工程于1968年11月中旬全面开工。此前，河南商丘专区成立"沱河治理工程战斗指挥部"，10万民工开赴安徽省濉溪县，动工疏浚省界——段汪桥23.69公里河段。两处上工总人数达到40.2万。

为感谢并肩治沱的河南民工，同年冬，以郑淮舟为首的宿县专区慰问团到河南商丘专区沱河工地慰问。以商丘专区萧鹏为首的慰问团亦来新汴河工地慰问。

1969年春，顶山、萧县、濉溪、宿县共13万民工在完成新汴河、雅河引河任务后，转至疏浚沱河段汪桥至新汴河口24.58公里段施工。同年3月至5月，河南商丘专区动员15万人疏浚本区虬龙沟至省界段长41.5公里沱河。虞城稍岗公社民工把春汛水拦在自己的工段，保证了安徽 30 万民工的施工。

新汴河第三期工程于 1969 年 6 月中旬完成，扫尾工程当年 12 月至次年 5 月相继完成，至此，新汴河本干土方开挖完成总计 8303.59 万立方米，完成投资 6475.63 万元。

新汴河配套工程包括支流疏浚、灌区建设、涵闸桥梁和港航配套工程。新汴河一级支流沱河疏浚已与新汴河同期完成，另一支萧濉新河，由宿县地区于 1970 年至翌年春疏浚，并兴建符离集枢纽，将新汴河航线上延至淮北煤矿。

其他二级支流，如王引河、洪碱河，流经河南、安徽两省境内，在豫、皖两省的团结协作、共同努力下，也相继得到治理。

新汴河影响地区处理工程均由工程所在县设计并施工。安徽境内计有滩沱地区、联壁沟地区、唐河地下涵地区、石梁河地下涵以上地区、戚家沟改道、黄涧沟改道等处理工程；江苏境内有保河洼周边地区影响处理工程。大部分处理工程均在 1970 年底前完成。

兴建淠史杭大型灌区

1958 年和 1959 年大旱后，丘陵区各地形成了兴修水库的热潮。水库的兴建为建设大型灌区创造了条件。以大别山区大型山谷水库为源头的淠史杭灌区应运而生。

横跨长江、淮河两流域的淠史杭灌区，安徽省境内总面积 1.3 万平方公里，涉及安徽省的 3 个地、市，11 个县、市，设计灌溉面积 1026 万亩，是我国著名的大型灌区之一。

1958 年，淠史杭灌区在六安行署领导下动工兴建，行署、县、乡各级领导和水利工作者经过艰苦的踏勘，迅速描绘出淠史杭沟通综合利用工程的宏伟蓝图，突击培训了 1.5 万多农民技术员，仅用 4 个月的时间就完成了施工测量任务。

工程全面动工后，建筑材料奇缺。工程指挥部党委决心以"土"代"洋"，走自力更生之路。当时，淠河、史河、杭埠河三大灌区的渠首和 20 多座其他建筑物、20 多处深切岭同时动工，最缺少的是水泥和炸药。没有黄色炸药就用黑色炸药代替。指挥部通知各县动员半劳力生产黑色炸药。一时间，老弱妇孺拎着篮子、端着盆都来参加，形成了一支浩浩荡荡的制药大军。

高标号的水泥紧缺，就用土制水泥代替。在寿县八公山和霍邱四平都办起了水泥厂。仅八公山水泥厂，人数多时就达 4087 人。两厂烧结的水泥由各县组织群众用磨子磨、碾子碾后，进行再加工。自产水泥标号很低，也不稳定，为了保证工程质量，指挥部规定了使用方法。几年以后，水泥供应较充裕，过去使用较低标号水泥的建筑物多数经过加固，至今仍在使用。淠史杭工程得以兴建，自产水泥功不可没。

开工第二年，该地区又遇上了特大干旱，土地龟裂，旱情严重。7 月末，杭、史两灌区先后引水灌溉。渠水到处，正为干旱忧心如焚的群众奔走相告，十数里内上堤看水者不绝于道，连夜举火开沟引水灌田者甚众。这一年灌田 97 万亩。

底宽 45 米的总干渠，流经霍邱县平岗，有一段长 2000 多米、切深 24 米的切岭渠道是史河灌区的咽喉，也是全灌区 98 处切深 10 米以上最深的一个切岭。

当年，几万双勤劳的手凝成一把锋利的钢刀，劈去 340 万立方米的土石方，形成两岸相隔 220 米的渠岸。滚滚青泉从峙峰之间奔涌而出，流向沣东、沣西和汲东 3 条干渠。瓦西干渠石集倒虹吸，由 3 排长 130 多米、内径 1.5 米的钢筋水泥管道组成，是著名的"河下河"。

1964 年春天，当代文豪郭沫若同志视察淠史杭灌区后，欣然命笔，生动形象地勾画出淠史杭工程宏伟壮观、巧夺天工的绚丽图景：

排沙析水分清浊，喜见源头造海洋。

河道提高三十米，山岗增产万斤粮。

倒虹吸下渠交织，渠道岸头电发光。

汽艇航运风浩荡，人民力量不寻常。

　　淠史杭灌区的兴建，从根本上改变了皖中、皖西丘陵地区"十年九旱，荒岗连绵"的旧貌。耕地面积约占全省六分之一的淠史杭灌区，每年为国家提供商品粮13亿公斤左右，约占全省的四分之一。最多的1984年，灌区各县共向国家提供商品粮15.33亿公斤。

　　淠史杭灌区兴建以来，吸引着越来越多的中外游人。许多学者、专家赞扬它是"中国水利建设史上的一颗光辉灿烂的明珠"。

　　从1985年起，淠史杭灌区引进世界银行贷款，配合国内投资和群众集资，展开大规模续建配套建设。淠史杭这颗当代中国水利建设史上的明珠将会变得更加璀璨。

皖北人民开挖茨淮新河

1956 年，治淮委员会编制完成了以防止水旱灾害、发展农业生产为主，包括防洪、除涝、灌溉、航运、水产、水电和水土保持等内容的《淮河流域规划报告》。在这一报告的指导下，安徽人民在淮河上增建了磨子潭、响洪甸两座大型水库，有效地拦蓄洪水，削减洪峰。

茨淮新河是安徽省淮北地区新开辟的一条大型人工河道，是从全流域出发，为减轻淮河洪水负担，解决颍河洪水和汾泉河、黑茨河、西侧河内水出路而兴建的治淮战略性骨干工程。

颍河是淮河的最大支流，流域总面积为 3.96 万平方公里，其中河南周口以上山庄区 2.6 万平方公里，周口至阜阳区间平原区 1.3 万平方公里，主要支流汾泉河和黑茨河分别于阜阳、茨河铺汇入。

颍河客水来量大，河道泄水能力小。1970 年以前，颍河阜阳段共出现接近或大于 3000 个流量的洪水年 6 次，而该段平槽泄量只有 1900 个流量，阜阳以下平槽泄洪量只有 1500 个流量，不能有效宣泄上游来水。

同时，淮、颍两河洪峰经常在正阳关相遇，水位并涨，高水位持续时间长。泉、茨等河受外水顶托，既造成内涝，又严重威胁着阜阳以下颍河左堤及淮北大堤的安全。

早在 20 世纪 50 年代末期，阜阳地区就动议开挖新河分泄颍河洪水。

1964 年 9 月，水电部在《淮河流域治理初步意见》中，提出在淮北开挖分洪道的设想。

1971 年 2 月，国务院治淮规划小组提出了《关于贯彻执行毛主席"一定要把淮河修好"的情况报告》，明确把安徽提出的茨淮新河、怀洪新河作为扩大淮河中游洪水出路的战略性大型骨干工程。同年 11 月 18 日经水电部批准开工。

1971 年 11 月 20 日，蒙城县委负责同志带领民工在上桥召开誓师大会，并率先破土动工。界首、临泉、阜阳、亳县、太和、阜阳、涡阳、颍上、凤台、利辛 10 个县相继开工。不到一个月的时间，全地区就组织了以民兵为骨干的 37 万治淮大军奔赴工地，打响了开挖茨淮新河的战役。

在施工过程中，各级领导亲临第一线指挥，哪里艰苦哪里上，处处发挥模范带头作用。广大民工发挥自力更生、艰苦创业的精神，冒冰霜，吃杂粮，睡地铺，劈砂礓，战流沙，挖淤泥，留下了一串串动人的故事。

为了加快工程进度，1972 年春节，工地没有放假，各县的主要负责同志坚持在工地，冒雨雪同民工们战斗在一起。蒙城工地有 2 公里多的荧河洼地，水深 1 米多，既要抽水，又要打坝，施工十分困难。面对零下 10 多度的严寒天气，县领导带领各级干部和群众跳进刺骨的冰水中坚持施工，完成了这段最困难的湖洼挖河工程。

经过皖北数百万人民群众22年的艰苦努力，茨淮新河于1992年全面建成。茨淮新河共挖压农田12.8万亩，拆迁房屋3万多间，有4万多人为此离开故土。茨淮新河累计完成土方2.5亿立方米、石方92.7万立方米、混凝土方36万立方米，实际完成投资5.44亿元。

茨淮新河全长134.2公里，河槽底宽122至250米，挖深6至10米。沿河建有上桥、阚町、插花、茨河铺4座水利枢纽，包括节制分洪闸和按5级航道设计的船民上桥及阚町枢纽还建有抽水站，装机分别为9600和6400千瓦。新河上还建有公路交通桥梁8座、铁路桥1座。

为解决新河干流的防洪、排涝问题，处理好本地区的主客水矛盾，治淮委员会对西淝河、利阚新河、阜蒙河、蒙茨新河等支流的水系进行调整和治理，建各类涵闸164座，桥梁131座，装机3.6万千瓦。同时，治淮委员会还补助地方兴办了一些面上配套工程，共建大、中沟桥梁1175座，渠系建筑物2572座。

茨淮新河的兴建，可以分泄颍河洪水2000个流量，分泄内涝1400个流量，配合支流治理，可使颍河防洪标准提高到20年一遇，除涝标准提高到5年一遇。为豫皖两省1500万亩耕地扩大了排水出路，也为汾泉河、黑茨河治理创造了条件。

黑茨河直接引入新河不再受颍河顶托，西淝河下游洼地20万亩耕地基本上解除了内涝灾害。利用当地径流和抽引淮水，近期可发展灌溉198万亩，远期可达到300万亩。

茨淮新河的开挖还为淮北开辟了一条新航道，可终年通行300吨级驳船，缩短蚌埠至阜阳间航程近100公里。

如今，茨淮新河已成为皖北地区的一条黄金水道。堤内水光潋滟，船只穿梭；堤外田畴井然，稻花飘香。茨淮新河的管理者们，在有利于工程安全完整的前提下，充分利用水土资源，开发种植业、养殖业和加工工业，在把资源优势变成经济优势和商品优势，努力给两岸人民带来更大、更多的实惠。

安徽治理淮河

四、江苏治理淮河

● 为了抢在汛前完成，建设者们提出"和洪水赛跑，赢得时间就是胜利"的口号，开展了爱国治淮劳动竞赛。

党政军民制服苏北洪灾

1949年6月，江苏全境解放；7月上旬到8月初，沂沭河洪水暴发，堤防决口百余处，淮北平原洪水漫流。在不到两个月的时间内，出现了波及全省的严重水灾。百万灾民，背井离乡，扶老携幼，外出逃荒。抗洪抢险、救灾救民、除害兴利的任务历史地落到了江苏各级共产党组织和人民政府肩上。

1949年11月17日，中共苏北区委员会、苏北行政公署和人民解放军苏北军区司令部联合发出《苏北大治水运动总动员令》，要求把治水作为压倒一切的中心工作，号召全体党政军民"动员起来，以紧张的战斗姿态，组织一切力量，投进这一巨大的运动中去"。

实际上，从1945年起，淮河5年连续大水，造成淮北地区灾害惨重。

1949年秋，中共苏北区委员会在全面救灾、恢复生产的同时，着手进行导沂的前期工作。

当年8月，组成淮阴救灾治水大队，大队长熊梯云和总工程师王元颐等深入灾区，实地调查，拟订了"导沂整沭、开辟新沂河"的实施方案。

1949年11月，水利部在徐州召开"沂、沭、汶、运导治会议"，确定了"先沂沭后汶运"及"沂沭分治"

的治理方针。

1949 年冬，苏北"导沂整沭"工程司令部成立。施工前，从苏北运河工程局抽调干部和技术人员，并从上海、南京等地招聘技术人员 150 人，进行勘测、规划、设计、施工和后勤供应等准备工作，其中仅中央拨的杂粮就有 1.125 亿公斤。当时全国范围内的解放战争仍在进行，国家经济十分困难。

这年冬季至翌年春季，江苏省先后组织 70 万人，采取"以工代赈"的办法，投入新沂河的开挖。当地人民充满着解放的欢欣，怀着对党的无限感激之情，带着祖祖辈辈根治水患的心愿，不顾天寒地冻、衣单被薄，披星戴月，顽强奋战，克服了天寒地冻、积水未消和小潮河 4 次堵坝的失败，滨海堤段因淤泥地基而沉陷，峰山切岭的坚土和砂礓以及皂河束水坝时间仓促等困难，保证工程及时完成。

工地粮草供应遇到大雪封地，日间化冻，道路泥泞。群众采取人挑驴驮的办法，起五更，连夜送，到站不化冻，保证了后勤供应。

施工期间，国民党特务装成"毛人水怪"恐吓群众，破坏施工，经军民配合，迅速予以破获。每当关键时刻，各级领导干部都亲临工地，坐镇指挥。

水利部副部长钱正英 3 次来到工地，中共苏北区委员会书记肖望东、副书记万众一、苏北行署主任惠浴宇等，都曾多次到工地检查督促，帮助解决困难，保证了工程顺利进行。

广大干部群众在施工中士气高涨，涌现出大批模范人物和先进集体，4 人被评为特等功臣，一等功群众 135 人，一等功干部 14 人，模范中队、小队和党支部 44 个。

新沂河竣工不久，1950 年汛期，沂河又发生了相当于 1949 年的洪水，上游出现了 5 次洪峰，最大排洪每秒 2550 立方米，滔滔洪水驯服地沿着新沂河流进大海。苏北人民用自己勤劳的双手，第一次战胜了千年为患的洪水，迎来了幸福和安宁！

兴建苏北的灌溉总渠

1951 年 11 月 20 日，中共苏北区党委和苏北行政公署发布了《苏北治淮总动员令》，要求苏北的党政军民紧急行动起来，组织一切可以组织的力量，投入治淮斗争。

治淮委员会进一步明确"下游以泄洪为主"的方针和治淮方案，确定开辟苏北灌溉总渠，灌溉和排洪结合，在洪泽湖建成有控制的拦洪蓄水水库。

1951 年冬至 1952 年春，在以工代赈的艰苦条件下，治淮委员会先后组织了 110 万人的治淮大军，开挖了一条能泄洪每秒 800 立方米的淮河入海通道，即苏北灌溉总渠。

施工前，培训了 6000 多名工程人员，组织了 500 人的测量队，进行施工准备；并从苏南调来 1000 台抽水机，用于施工排水。

1951 年 11 月工程开工后，西起洪泽湖，东到黄海边，盐城、扬州、南通 3 个专区 18 个县 72 万民工在工地安营扎寨，与风雪、冰冻、淤泥、沙石作顽强不屈的斗争。

十几万人的后勤运输队伍，为工地运送粮草器材；后方的许多农具厂、铁匠铺，为工地赶制挖土工具；机米厂、碾坊、磨坊，为民工日夜加工粮食。

18 万多名宣传员在工地进行宣传鼓动。邮电、商业、医疗、卫生单位也纷纷上工地为民工服务。在施工中，涌现出很多功臣模范。全部工程长 168 公里，仅用 85 天，完成土方 7320 万立方米，于 1952 年 5 月完工。

三河闸是洪泽湖入江口门的大型控制建筑物，是实现洪泽湖拦洪蓄水的关键工程。

1952 年秋，即将开工前，周恩来召见苏北行政公署主任、苏北指挥部指挥惠浴宇，详细询问苏北治淮情况，确定从全国各地抽调一批干部技术人员、大学毕业生和技术工人，并招收一批建筑工人，以解决干部和技术力量不足的困难。

闸门、启闭机的制造和安装由上海市组织有关工厂研制生产，器材和施工机械由国家统配，从而保证了建筑工程的顺利施工。

建闸期间，在不足 1.5 平方公里的工地上，集中了 15.8 万名民工，6000 多名干部、技术工人和解放军战士，白天红旗飘扬，夜晚灯火通明，劳动号子声、施工机械声响彻工地。

为了抢在汛前完成，工程建设者提出"和洪水赛跑，赢得时间就是胜利"的口号，开展了爱国治淮劳动竞赛。

工程采取"边教、边学、边做"的方法，使一大批农民、工人、解放军战士和青年学生很快地掌握了必要的技术、锻炼出一支建闸队伍。

建闸的 32 万吨器材设备大多是从几百里、几千里之外，突击赶运到工地的。上海工人为赶制弧形闸门和启闭机，日夜奋战。内蒙古自治区人民为了支援三河闸建设，进入深山老林，伐运木材。为了及时运送器材和设备，有的地方炸山镇沟开路，有的清除航道的江滩、暗礁，保证了供应。

1954年，淮河发生特大洪水，且江淮并涨，已建洪泽湖拦洪蓄水工程、苏北灌溉总渠，以及里运河堤防加固等工程，发挥了调洪、泄洪、挡洪的显著作用，确保了里下河地区大面积安全，没有再重演历史上洪水泛滥的悲剧。

兴建苏北引江济淮工程

20世纪50年代后期，随着洪水初步治理，里下河地区排灌条件有了很大改善，苏北地区摆脱了贫困受灾面貌的任务摆在江苏省委和地方各级党委面前。

1956年，中共江苏省三届一次会议决议，苏北地区除洪改制，发展水稻。

为解决水源，1957年淮沭新河工程开始实施，北调洪泽湖水至苏北灌溉，并可利用新沂河错峰分泄淮河部分洪水。

考虑旱季淮水常出现断流的现实，经国务院批准，"引江济淮，江水北调"的江都抽水机站工程确定实施，1961年开始兴建，从此，拉开了逐步实现江、淮、沂、泗水源互调互济，根本解决苏北的水源问题的序幕。

该站所用设备，当时在我国均是首次试制，工作中采取了领导、技术人员、工人三结合，充分发扬民主，发挥大家的聪明才智，显示出社会主义制度的优越性。

我们党和国家的领导人对江都水利枢纽工程极为重视和关怀，先后前来视察和参观的党、政、军、群领导人有：李先念、乌兰夫、王震、陈丕显、彭冲、乔石、陈慕华、宋任穷、姬鹏飞、谭震林、罗瑞卿、华罗庚、陈叔通、史良等。

1979 年秋，李先念在陈丕显陪同下，参观了抽水现场。

1991 年 10 月，江泽民也曾陪同金日成参观过江都站。

新中国成立以后，苏北广大群众在各级党和政府的领导下艰苦奋斗，用自己的双手，兴建了一批批骨干工程，这是江苏长远的治水总体规划，这一总框架为江苏水利建设的不断完善和经济发展起了巨大作用。

苏北人民力克水旱灾害

1954 年，江淮洪水并发，在长江发生超过 1931 年的特大洪水的同时，进入洪泽湖最大流量达每秒 1.58 万立方米，湖水位高达 15.22 米，汛期入湖洪水总量为 610 亿立方米，为常年同期的 3 倍多。

在洪水到来之前，中共江苏省委、省政府发出抗洪斗争的紧急命令，号召全省人民行动起来，迎战洪水，确保苏北地区、沿江地区的重要城镇和广大人民生命财产的安全。

江苏省委、地委的领导同志分头奔赴抗灾斗争第一线直接指挥抗灾，工人、农民、学生、市民、解放军指战员以及干部和技术人员全面动员，上堤防汛的达 439 万人，连续抗洪 100 多天，日夜不断。

在"人在堤在""水涨堤高"的口号下，扬州、盐城、淮阴专区突出抢修灌溉总渠大堤，10 天时间普遍加高大堤 1.2 米。在里运河西堤上，抢筑起 33 公里长、1 米高的柳石堰，并在高邮湖迎浪口抢筑柳石柴枕，群众称其为"柳石长城"。

8 月 25 日午夜，台风过境，高邮湖浪头过 2 米以上，基干民工以"与堤共存亡"的决心，用绳捆腰扣在石墙树桩上，排成"人墙"，顶风挡浪，至风止雨停，团结奋

江苏治理淮河

战的人民以大无畏的英雄气概终于降服了凶恶的洪水。

解放军战士秦嗣武、尹仕礼、段图福，以身堵口，涉水救人，献出了宝贵的生命。

由于灌溉总渠结合排洪，发挥了效益，同时加固了运河东、西堤，实现了运河和高邮湖的"河湖分开"，结束了几百年来经常开启归海坝的悲惨历史，从而使里下河地区免遭水淹。

在这次全省性的抗洪斗争中，全国支援江苏，从东北、上海等地运来的草包、麻袋、蒲包、布袋等150多万条。全省共动用5000多节火车皮、8600多条船只，运送了40多万吨防汛物资。群众自愿支援捐献的防汛材料不计其数。全省共组织166个医疗队，为民工防疫治病，充分体现了社会主义制度的优越性。

1978年，江苏可谓李季干旱。雨量之少，水位之枯，旱情之重，时间之长，都堪称历史罕见。

面对大自然的挑战，江苏省委和各级党委在党中央和国务院的正确领导下，立足于长期抗旱，抗大旱；立足于向长江要水，向地下要水；立足于大旱之年夺取全年大丰收，领导全省干部、群众开展了长期的抗旱斗争。

在7月旱情最紧张的时候，江苏省委负责同志多次到抗旱第一线了解情况，指挥战斗。省委在全省组织了总任务宣传月活动，大讲总任务的灿烂前景，大讲抗旱夺丰收的重要意义。全省共有7.1万多名干部带领600多万群众奋斗在抗旱第一线。

在抗旱斗争中，江苏省依靠已建工程，充分发挥江水北调的威力，进行全省范围的水量大调度，引江济淮，引江济沂，淮沂互济。江水直达连云港，灌溉沿江、沿运和苏北大面积农田，并对保证沿线工业、城市和航运用水也起了巨大作用。

苏北地区地下水源丰富，广大群众打井 7.2 万多眼，挖土井 13 万眼。赣榆区这一年就用这种方法夺取了平均亩产达 506 公斤的好收成。

在抗旱救灾斗争中，由于党中央的关怀、全省各级党组织的正确领导、兄弟部门的合力协作、广大群众的奋斗，以及已建工程的威力，江苏终于夺得了大旱之年的大丰收。粮食、棉花、油料，以及生猪圈仔量等都比前一年有大幅度增加。

五、 山东治理淮河

● 1949 年 3 月，成立山东省导沭委员会。4 月 2 日导沭工程正式开工，从而揭开了山东治淮的序幕。

● 在导沭工程中，工地党委提出了"工地是战场，工具作刀枪，多干一方土，就是多打一个美国狼"，"谁英雄、谁好汉，导沭工地比比看"等口号。

● 第一阶段，山东淮河流域治理重点是进行了湖西平原水系调整及河道治理，山丘地区重点对蓄水工程实行加固。

拉开导沭整沂工程序幕

山东治淮是伴随着解放战争的隆隆炮声开始的。早在淮海战役硝烟未尽的 1949 年，山东就组织 20 多万人上阵，实施了宏大的"导沭整沂"工程。2 月，山东省政府批准《导沭经沙入海工程全部计划初稿》，同年 3 月成立了山东省导沭委员会。4 月 2 日导沭工程正式开工，从而揭开了山东治淮的序幕。

导沭整沂工程，是解放初期山东省最大规模的治水工程。

新中国建立后，党和人民政府为从根本上消除长期以来危害人民的洪涝旱灾，除害兴利，促进国民经济的迅速发展，对淮河流域进行了大规模的综合治理。

早在 1946 年，鲁东南地区解放后，山东党组织和人民政府就非常重视鲁南、苏北的严重洪涝灾害，将苏皖边区水利局撤来山东的部分人员编入解放区山东省实业厅水利队，开始进行沂沭河治理的准备工作。

1947 年，编制了导沭工程初步治理方案。

1948 年 9 月，济南战役刚刚结束，中共华东局就同意了上述方案，并组成山东省沂沭河流域水利工程总队。

导沭整沂工程自 1949 年 4 月开工后，经过 10 期导沭工程，3 期整沂工程，到 1953 年底结束。

5 年间，先后动员了当时鲁中南行署所辖 6 个专署 37 个县的民工千万人次、技术工人 5000 人次参加施工，开挖了新沭河，导沭河东流经沙河、临洪河入黄海。

同时，开挖了分沂入沭水道，修筑了沂河及新老沭河堤防，兴建了沭河拦河坝、溢水堰等建筑物。

导沭整沂工程，适逢新中国建立前后，在旧社会长期深受兵患天灾之苦的农民群众，对在中国共产党领导下，防治水害，兴修水利，表现了极其高涨的热情和积极性。

导沭第五期工程正值"抗美援朝"运动，工地党委提出了响亮的口号：

　　工地是战场，工具作刀枪，多干一方土，就是多打一个美国狼！

　　谁英雄、谁好汉，导沭工地比比看！

1951 年 5 月 15 日，毛泽东发出"一定要把淮河修好"的号召，更加激起了民工们的劳动热情。

民工们以抗日战争、解放战争中参军支前的那种精神，展开了热火朝天的劳动竞赛，争先抢困难、挑重担，自觉加班加点，想办法，出点子，加快施工速度，克服施工中的困难，创造了许多先进施工方法，涌现出一大批英雄模范人物。

导沭整沂工程不仅为山东淮河流域的全面治理奠定了基础，而且也为全省大规模水利建设积累了经验，培养了大批干部和技术人才。

在导沭整沂的同时，山东省根据"防止水患，兴修水利，以达到大量发展生产的目的"的水利建设基本方针，对山东淮河流域的其他河道进行了整治。

这些整治的河道包括泗河下游改道，疏浚赵王、万福河，整治白马河、洸府河工程。

山东省经过河道整治，各个河道的安全状况有了较大改善。

在半个世纪的治淮历程中，山东的治淮与国家整个治淮工程建设一样，经历了几次大的建设高潮。

初期的"导沭整沂"按照"先沂沭、后汶泗、沂沭分治"的治理方针，先后开挖了新沭河及分沂入沭水道，对沂河堤防进行了整治，兴建了人民胜利堰闸，在江风口开辟了邳苍分洪道，初步提高了沂沭河的行洪能力，同时也减轻了下游河道的洪水压力。

从 1971 年底开始，按照中央治淮领导小组提出的东调南下工程方案，组织人民群众再次掀起了治淮高潮，到 1981 年底完成了分沂入沭扩大及新沭河扩大 15 公里的任务。

在 20 世纪 60 年代至 70 年代前后还修建了大批的水库、河闸、灌渠，与东调南下骨干工程一起，构成了山东治淮的基本框架，奠定了山东治淮的基础。

1991 年的江淮大水，进一步引起了党中央、国务院对治淮工作的重视。党中央、国务院召开了治淮治太会议，对治淮工作进行了全面部署，山东的治淮工程建设也再次被提上了日程。

治淮 50 年成就辉煌，效益显著。

但是，山东淮河流域防洪形势仍十分严峻，整个流域工程标准还偏低，沂沭河调蓄洪水的能力还不够高；南四湖工程尚未全面治理，洪水出路不畅；平原河道清淤和病险水库除险加固的任务十分繁重；水资源严重短缺，且分布不均衡；水土流失和水污染还非常严重。

这些问题时刻威胁着人民群众的生命财产安全，制约着社会经济的发展。

贯彻蓄泄并重治理原则

　　1957 年以后，山东省按照中央提出的水利建设方针
"蓄水为主，小型为主，社会为主"，以及治淮委员会提
出的"山区丘陵以蓄为主，以排为辅，南四湖、骆马湖
蓄泄并重，下游以排为主"的治理原则，发动群众，大
办水利，大搞了水利建设运动。

　　在山区丘陵地区，山东省重点进行了蓄水工程建设，
兴建了大型水库 11 座，中型水库 35 座，小型水库 1323
座，总库容 47.56 亿立方米，控制流域面积 9302 平方公
里，占山区总面积的 43%，可削减下游骨干河道洪峰
流量。

　　在平原湖泊地区，修建了南四湖二级坝枢纽工程，
将南四湖分为上级湖和下级湖。

　　南四湖二级坝水利枢纽工程位于江苏、山东两省交
界处的南四湖部昭阳段，是一座具有防洪、排涝、灌溉、
供水及连接两岸交通等功能的大型水利枢纽工程。

　　南四湖二级坝第二节制闸地处冲积湖平原区，地势
平坦。湖周围地面高程一般为 34.21 至 39.31 米，微向湖
区倾斜。闸址处湖底平坦，高程 28.92 至 32.50 米。湖底
与拦湖土坝顶高差 6 至 7 米。第二节制闸是二级坝中大
型枢纽工程的重要组成部分。

在进行南四湖二级坝水利枢纽工程的同时，还兴建了赵王河改道入京杭运河。

京杭运河是沟通京城与江南经济发达区的交通命脉，邻近北京的一段出现了河西务、张家湾、通州等繁忙的水陆码头。赵王河是梁济运河的一级支流之一。

赵王河，源于巨野县沙土集南，东南流经嘉祥至济宁市郊区陈庄西，由右岸汇入梁济运河，河长 41.8 公里，流域面积为 381 平方公里。

此外，山东省这次水利建设还开挖了京杭运河，兴修了伊家河闸及韩庄闸等工程，改善了南四湖洪水出口状况。

但在这一阶段，由于湖西平原地区大搞河网化蓄水工程，在一些地方修筑了边界坝，开挖了边界沟，大引、人蓄、人灌，打乱了原有的排水系统，而又未能建立新的排水系统，致使洪涝盐碱灾害加剧，边界水利纠纷增多。

对蓄水工程进行加固

从 1963 年起，山东省淮河流域治理重点是对南四湖平原水系进行调整及河道治理，作为第一阶段，对山丘地区重点对蓄水工程实行加固。

1963 年 12 月，南四湖流域治理工程局成立，负责组织鲁西平原河湖治理工程。

本着高低分排、洪涝水分治的原则，工程局调整了南四湖地区水系，新开挖了洙赵新河、东鱼河两条骨干排水河道。

在洙赵新河干流，修建了堤防长 278.9 公里；在东鱼河干流，修建了堤防全长 158.13 公里。

山东省扩大治理了韩庄运河。韩庄运河、中运河是沂沭泗水系主要行洪河道，承担着南四湖 3.17 万平方公里及韩庄运河、中运河区间洪水下泄任务，也是京杭运河的一部分，承担着鲁南、苏北地区水上航运的重任。

山东省还治理了京杭大运河山东枣庄段的台儿庄运河。这一段史称"泇河"。它西起微山湖口的韩庄，迤逦东行经台儿庄入江苏境至泇口处与中运河交汇南下，全长 42.5 公里，故名"韩庄运河"，又称为"台儿庄运河"。

其实，台儿庄运河航运事业的复兴开始于新中国成立后对伊家河的成功开挖和治理。从 1956 年 10 月起，山东省济宁专署组织鲁西南四县 11 万民工，分三期开挖治理了伊家河。

伊家河西起微山湖东湖口，与韩庄运河一南一北向东并行至台儿庄上游交汇，全长 37 公里，其主要功能是为微山湖泄洪和沿岸抗旱除涝。

利用伊家河水系，国家投资于 1972 年建成了台儿庄节制闸和台儿庄船闸，在伊家河上建起了刘庄节制闸和刘庄船闸，以及李庄、刘庄、花山子等港口码头，组建了国营航运公司，使台儿庄至微山湖的水运航道得以恢复。

山东省于 1963 年除了对上述蓄水工程实行加固外，还对其他河道进行了相应调整治理，形成了鲁西平原新的水系格局和排水系统，提高了防洪除涝能力，可减轻 1300 万亩农田的洪涝灾害。

实施洪水东调南下工程

为减轻沂沭河洪水对江苏省北部的威胁，腾出沂河、老沭河和骆马湖，以承泄南四湖流域洪水，山东省兴办了沂沭河洪水东调入海和韩庄运河扩大工程，简称为"东调南下工程"，以解决沂沭河与南四湖流域的洪水出路。

沂沭河洪水东调工程项目包括：分沂入邓水道和新沭河扩大开挖工程、沂河刘道口枢纽工程，由刘道口节制闸、彭道口分洪闸及电站、引水闸组成；沭河大官庄枢纽工程，由沭河人民胜利堰节制闸、新沭河泄洪闸组成，以及其他附属工程。

沂沭河洪水东调工程于 1971 年 11 月动工，调集临沂、临地都城、苍山、营南、富县、日照、沂水、费县等九县市民 156 万人次及省与临沂地区、南四湖水利工程建筑安装队等单位参加施工。经过对期施工，至 1981 年国民经济调整时，该项工程被列为缓建项目而停工，完成全部计划工程量的一半稍多，已建成彭道口分洪闸。

新沭河泄洪闸，部分完成分浙入沭水道扩大、新沭河扩大和总干排等项工程。

韩庄运河扩大工程于 1972 年冬开工，工程项目包括：干流加深、拓宽河道、扩建韩庄和台儿庄节制闸。

新建老运河闸和运南 8 处、运北 4 处排灌站。

1971 年至 1978 年期间，山东全省掀起了农田基本建设高潮，集中力量大搞以治水改土为中心的农田基本建设大会战。

1975 年秋，济宁地区组织济宁、邹县、曲阜、微山、克州等县 22 个公社的 92 万民工，结合治理白马河，开展了邹西农田基本建设大会战，会战区面积近千平方公里。

经过 3 年时间，到 1978 年，治理了白马河及其支流，治理耕地，兴建、改善灌溉工程，打机井扩大灌溉面积，建设旱涝保收、稳产高产田。

菏泽人民积极引黄淤灌

菏泽地区处黄河下游，系黄河冲积平原，土地面积为 1.2 万平方公里。

其中，黄河滩区 100 余平方公里属黄河流域，其余均属淮河流域。

黄河上自河南省流入东明县王夹堤，经菏泽市、郓城县至鄄城县，流程 180 公里。

历史上黄河在此区间频繁决口改道，改道后的黄河或北入渤海，或南侵淮河流入黄海，这里便成为淮河与黄河的分水岭，淤积成扇形脊轴。

黄河泛滥造成这一带坡河纵横，洼地连绵，排水不畅。加之全年降雨量 70% 集中在汛期七八月间，遇大雨则坡水汇集，形成内涝或客水局部成涝，雨水不足则发生干旱。

又由于多年地下水位失控，致使在 20 世纪 60 年代初，该地大面积土地出现盐碱化。

因此，充分利用黄河水利资源，建设具有灌溉和排涝双重功能的水利网络，推行淤改及旱涝碱综合治理是改善菏泽地区农业生产条件，促进其他各项事业迅速发展的关键。

新中国建立以后，菏泽地区人民在中国共产党和地方各级政府领导下，为此做了经久不懈的努力，并已取得举目共睹的成果。

大规模地引黄灌溉，并有规划地放淤改土，是这项综合治理的一个重要方面。

引黄灌溉在菏泽地区有很久的发展史。但在中华人民共和国成立之前由于生产力发展缓慢，该地区生产关系落后。

至中华人民共和国成立前夕，全区灌溉面积，包括河灌、井灌，仅发展到 10 万余亩。

中华人民共和国成立以后，特别是近 30 余年以来，在国家扶持和群众共同努力下，引黄、引河灌溉得到迅猛发展。

1956 年至 1957 年两年间，在菏泽县刘庄、梁山县试建了 3 处引黄工程。

1958 年，又在东明县黄寨、菏泽县刘庄先后建造箱式涵洞引黄灌溉闸两座，引水能力达到每秒 280 立方米。

同时，建起包括太行堤水库、浮岗水库、智楼水库等庞大的平原水库群。

按照"多口门、小流量"的指导方针，1959 年至 1960 年，又在梁山县陈核建造箱式涵洞两座。

作为配套工程，建造起南北干渠两条，使灌溉范围包括菏泽、定陶、成武、巨野、郓城、梁山，以及济宁地区的嘉祥、济宁等 9 个县市，设计灌溉面积达到 2000 万亩。

但是，由于设计缺乏统筹考虑，配套工程建设滞后，加上土地不平整，工程实施后没有达到预期效果。

两大干渠使该地区自然排水系统受到很大程度的破坏，致使地下水位上升，造成大面积土地盐碱化，农业生产受到严重影响。

1962年3月，国务院在范县召开冀、鲁、豫引黄灌溉工作会议，国务院副总理谭震林到会。

鉴于引黄灌溉出现的问题，会议决定，山东省立即全部封闸停灌，铲除输水工程，恢复水的自然流势。

1965年，全国大面积出现严重干旱。2月，山东省委召开引黄抗旱会议。

为了克服引黄灌溉可能引发的土地盐碱化，会议强调，在今后实施中，应辅以相应的监控措施，不要使地下水位升到临界线以上1.5米。同时，还要加强实施中的管理。

从1966年开始，大上黄河引水工程。在此后10多年里，先后于郓城县苏阁、四隆村、伟庄、东明县阎潭、谢寨、郓城县营坊、旧城先后增建引闸11座。设计引水量为每秒580立方米，总投资1734万元。

与此同时，引黄送水系统和灌区配套工程也健全起来。

至1985年，建成阎潭、刘庄、旧城三大送水干线，东明、菏泽、郓城、梁山等县灌区8处，设计灌区面积为245万亩。

其中，配套面积110万亩，全配套面积26万亩。引水除供给灌区用水外，还补给内河发展提水灌溉233万亩。

这批工程，由于注重了设计中的科学性，配套工程布局合理，同步健全，土地平整，所以整个系统运转良好，没有由此引发土地盐碱化现象。

淤灌的大面积推广有效地推动了农业的发展。1985年，全区粮食总产达27.6亿公斤，在播种面积显著下降的情况下，比1965年增长167.2%。棉花总产达1.72亿公斤，相当于1965年的8.6倍。粮食上缴完成4463万公斤，相当于1965年的1.75倍。

本书主要参考资料

《国史全鉴》本书编委会编 团结出版社

《共和国五十年珍贵档案》中央档案馆编 中国档案
出版社

《共和国要事珍闻》郑毅 李冬梅 李梦主编 吉林文
史出版社

《淮河新篇》人民出版社

《治理淮河》安徽人民出版社

《中南海三代领导集体与共和国经济实录》王瑞璞主
编 中国经济出版社